OEUVRES

DE

PAUL FÉVAL

CHRONIQUES DE TOUS LES TEMPS, par A.-F. BONVALOT, 2 vol. in-8.

UNE HAINE AU MOYEN AGE, par l., 2 vol. in-8.

2

PARIS,

PAUL PERMAIN et Cie, ÉDITEURS

30, RUE MAZARINE.

ŒUVRES

DE

PAUL FÉVAL.

EN VENTE:

PAUL FÉVAL.

Le Château de velours . . . . 2 vol. in-8.
Beau Démon . . . . 2 vol. in-8.
Le Jeu de la Mort . . . . 2 vol. in-8.
Un drôle de Corps. . . . . 9 vol. in-8.
Les Ouvriers de Paris . . . . 2 vol. in-8.
Le Château de Croïat . . . . 2 vol. in-8.
Les Bandits . . . . 2 vol. in-8.

EUGÈNE SUE.

L'Amiral Levacher . . . . 2 vol. in-8

MARQUIS DE FOUDRAS.

Les Aventures de Monsieur le Baron . . . . 4 vol. in-8.
Pauvre Thérèse . . . . 2 vol. in-8.
Arthur de Varennes . . . . 2 vol. in-8.
Le Duc d'Athènes (préface). 3 vol. in-8.
Mémoires d'un Roi. . . . . 4 vol. in-8.
Louis de Gourdon . . . . 5 vol. in-8.

G. DE LA LANDELLE

Les Jeunes Filles . . . . 2 vol. in-8.
Le Toréador. . . . . 2 vol. in-8.
Le Roi des Rapaces . . . . 4 vol. in-8.
Le Docteur Esturgeot. . . . . 2 vol. in-8.

ÉMILE SOUVESTRE.

Marguerite et Béatrix . . . . 2 vol. in-8.

CHARLES DESLYS.

La Millionnaire . . . . 2 vol. in-8.
La Mère Rainette . . . . 6 vol. in-8.

LÉON GOZLAN.

Les Nuits du Père Lachaise (épuisé). . . . . 3 vol. in-8.

MICHEL MASSON.

Mauricette (Mariage pour l'autre Monde). . . . . 3 vol. in-8.

LA COMTESSE D'ORSAY.

La Fontaine des Fées . . . . 2 vol. in-8.
L'Ombre du Bonheur. . . . . 3 vol. in-8.

HIPPOLYTE CASTILLE.

Les Ambitieux. . . . . 4 vol. in-8.
Les Jeunes Filles (avec M. de La Landelle.) . . . . 2 vol. in-8.

CÉNAC MONCAUT.

Raymond de Saint-Gilles . . . . 3 vol. in-8.
L'Échelle de Satan . . . . 2 vol. in-8.

COMTESSE D'ASH.

Une Chanoinesse . . . . 4 vol. in-8

Impr. de E. Dépée, à Sceaux.

ŒUVRES

DE

PAUL FÉVAL

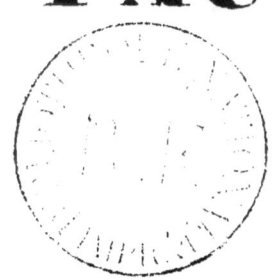

PARIS

PAUL PERMAIN ET Cⁱᵉ, ÉDITEURS,

30, RUE MAZARINE.

LE

CHATEAU DE VELOURS

—

PREMIÈRE PARTIE.

LE COMTE BARBE-BLEUE.

CHAPITRE PREMIER.

Le retour au pays.

Entre le bourg de La Gravelle et la ville de Vitré, sur les confins de la France et de la Bretagne, il y a une côte, mortelle aux chevaux des Messageries.

Mais, pour parler un peu morale et philosophie, que vont-ils devenir ces chevaux de messageries? Leur sort inquiète bien des gens. Trouveront-ils à se placer tous dans les entreprises d'omnibus?

Ou bien verrons-nous ces chevaux mécontents et sans emploi servir la cause des révolutions?

Déjà les chevaux de diligence ont été violemment soupçonnés à l'occasion des dégâts commis sur les chemins de fer après février 1848. — Nous pensons que ces dégâts doivent être attribués à de moins nobles bêtes.

Gardons-nous cependant d'offenser les ânes par des comparaisons imprudentes et politiques.

La montée qui est entre La Gravelle et Vitré servait de rendez-vous, alors que les messageries florissaient, à une bande de jeunes mendiants, sachant faire la roue et chantant, sur un air inouï, avec un accent normand intraduisbile, ces deux vers, rimés sans prétention :

« Charitais, si vous plaît,
» Pour l'amour du bon Diais. »

Ils roulaient, le long de la montagne abrupte, filles et garçons, sans plus de pudeur que s'ils eussent été princes et princesses aux îles Marquises.

Ils se vautraient dans la boue avec des cris d'enthousiasme.

Les chevaux peinaient; les voyageurs se bouchaient les oreilles; le conducteur, cette grande figure que les chemins de fer vont encore effacer, le conducteur empruntait le fouet du postillon pour effrayer l'essaim tourbillonnant et hurlant.

Rien n'y faisait.

Par le brûlant soleil, par la pluie, par la neige, les jeunes Normands, patients et courageux, gravissaient la rampe, toujours marchant sur les mains et toujours glapissant :

> Charitais, si vous plait,
> Pour l'amour dr bon Diais

Si bien que les nourrices de la rotonde, les marchands de bœufs de l'intérieur, les officières du coupé, — les voyageurs du commerce de l'impériale eux-mêmes, — transportés d'une colère commune, ouvraient leurs bourses et jetaient sur la route une grêle de gros sous.

Vous croyez que les jeunes Normands s'arrêtaient.

O mes chers amis! vous n'avez donc jamais connu de Normands?

Ils redoublaient, au contraire, de contorsions et de clameurs. C'étaient des bonds convulsifs, des plaintes ignobles, des piaulements effroyables, à ce point que nous avons vu des officières en verser des larmes sur leurs foulards.

Des officières, habituées, cependant, aux concerts d'amateurs dans les villes de garnison!

Les jeunes Normands sont comme les Normands d'un certain âge : on ne se débarrasse pas d'eux. Ils ont cette belle science de l'obstination qui remporte la victoire par la fatigue, et qui obtient tout ce qu'elle veut par l'horreur même qu'elle inspire.

Ils connaissent au juste la longueur de

la côte.-Ils savent jusqu'à quel degré de fureur s'emportera la victime, et combien de gros sous rapporte une pleine diligence, arrivée au dernier degré de la rage.

Ils vont; — vous voyez leurs crinières jaunes pendre dans la boue;—leurs yeux glauques rient et vous insultent. — Leurs voix attaquent votre tympan comme des traits de scie.

Et quand la diligence, arrivée enfin au sommet de la montagne, va prendre son élan, quand la main illustre du conducteur ressaisit la manivelle, quand le premier coup de fouet marque sur la croupe fumante de Pêchard ou de Taupin, alors tous les bonnets de laine décrivent en l'air des courbes folles; un cœur effréné s'élève.

Ne fermez pas les portières; c'est inutile.

Pendant dix minutes encore, vos oreilles offensées saigneront comme si des pointes d'aiguilles gravaient sur votre nerf auditif le dystique abominable :

Charitais, si vous plait,
Pour l'amour du bon Diais !

C'était vers la fin du mois d'octobre 1754, sur la route de Paris à Rennes, entre La Gravelle et Vitré,

Précisément à ce lieu où les jeunes Normands jouent maintenant de leur reste et miaulent leur antienne, en attendant que les chemins de fer achevés forcent ces jeunes citoyens à se faire dentistes, romanciers ou avocats.

Car ces affreux enfants seront, eux aussi, victimes de la vapeur.

Cinq ans s'étaient écoulés depuis les événements que nous venons de raconter.

Il était neuf heures du matin environ. Le bon soleil d'automne pompait une légère gelée blanche qui poudrait la verdure des prés.

Un cavalier, venant de La Gravelle, montait la côte au pas de son cheval.

Il n'y avait pas alors de messageries.

Cependant, les aïeux de nos jeunes Normands actuels demandaient déjà l'aumône avec des cris inhumains, des sauts de singe et des dislocations extravagantes, le long de la côte.

Notre cavalier était de si belle humeur qu'il les écouta glapir pendant vingt minutes, sans même froncer le sourcil.

Il leur donna une pleine poignée de pièces blanches et pas une malédiction.

C'était un beau jeune homme dans toute la force du terme.

Il paraissait avoir vingt ans à peine. Ses formes, plutot élégantes que robustes, attendaient encore leur complet développement. Sa figure un peu pâle, mais charmante, semblait accuser des fatigues qui n'étaient point celles d'un soldat.

Il était armé pourtant, et ses armes, il les portait gaillardement.

De même, malgré l'aisance gracieuse qu'il gardait à cheval, on ne trouvait point sur lui ce je ne sais quoi, — martial ou commun, qui dénote l'homme de guerre.

Son corps suivait les mouvements de

sa monture avec un laisser-aller plein de souplesse, et jamais cavalier mieux campé sur sa selle ne dédaigna si bien les règles strictes de l'équitation.

Il souriait, ce joli garçon, il souriait à ses pensées heureuses, à l'intime contentement de son cœur, — à de beaux châteaux, bâtis dans l'avenir, peut-être.

Et son sourire vous eût fait joyeux, tant il était franc et bon.

Il montrait, ce sourire, deux rangées de dents blanches comme du lait sous une fine moustache brune légèrement retroussée. — Il mettait des feux diamantés à la prunelle de deux yeux vifs, intelligents, tantôt rêveurs, tantôt fanfarons comme des yeux de page.

Un dernier détail : — Notre cavalier

avait un petit paquet de livres à l'arçon de sa selle.

Tant il est vrai que personne ici bas n'est sans défauts.

Des livres! avec ce regard de Galaor! Des livres reliés en paquet par une courroie, et qui vous avaient, les drôles, un violent parfum de science!

Des bouquins! la seule chose qui soit plus haïssable que les petits Normands du *bon Diais!*

———

Vous l'avez éprouvé tous. et toutes, sinon, vous ignorez les plus chères joies de la vie :

La joie la plus belle, la plus vive, la plus pure, l'extase la plus vraie, l'enthousiasme le plus naïf et le plus chaud.

Faites-vous dire cette allégresse par ceux-là qui l'ont ressentie.

Qui ont mis leurs deux mains sur leurs cœurs bondissants et qui ont pleuré de si bonnes larmes en voyant de loin deux grands arbres devant un seuil modeste, — un clocher humble au fond du vallon, — ou la courbe connue d'une grande montagne qui cache sa tête dans les nuages...

La terre adorée des premiers jours, — la maison, la rue, le jardin, que sais-je!

La mansarde, si c'est une mansarde,— le grenier, si ce n'est qu'un grenier.

Le lieu, enfin, quel qu'il soit, où vous aviez, au matin, pour fêter votre réveil, le baiser de votre mère et le sourire de vos sœurs.

Le lieu dont le nom remplit l'âme et baigne les yeux.

Le lieu dont on dit : *Mon pays!* et qui est comme le cœur de la patrie !

Faites-vous dire, oh! faites-vous dire les délicieux bonheurs du retour !

De loin, de bien loin, on sent déjà comme une vague saveur; l'air apporte des parfums connus; le vent qui vient parle de choses aimées.

La poitrine se dilate : ce que vous respirez là, c'est ce qui convient à vos poumons.

Ailleurs, l'atmosphère n'est pas à vous.

Ailleurs, vous empruntez le souffle nécessaire à votre vie.

Ici, c'est votre air, le bon air qui était autour du berceau. — Qu'il soit brûlant,

qu'il soit glacial, qu'il soit lourd ou humide,
je vous dis que votre bouche le cherche
et le préfère.

C'est l'air natal qui ressuscite les con-
damnés de la science, qui relève les pauvres fronts penchés, qui rend le sang aux
joues pâlies.

C'est le souffle même du pays.

Respirez-le, cet air, à pleine poitrine!

Et qu'entendez-vous là-bas, tout là-bas?
Un son fugitif, un son imperceptible, quelque chose qui passe sans frapper l'oreille
de vos compagnons? — Qu'est-ce donc et
pourquoi tremblez-vous?

Pourquoi, si vous êtes deux, tombez-
vous dans les bras l'un de l'autre?

C'est une cloche qui vibre; — c'est la
plainte d'un moulin; — c'est le cri d'une
girouette sur sa tige de fer rouillé.

Ce n'est rien; c'est tout; — c'est la voix du pays.

Avancez! avancez! Laissez déborder votre joie! ne vous cachez pas pour rire et pour pleurer!

Pleurez et riez! redevenez enfant, c'est à dire heureux! Qu'importe la raillerie stupide!

Avancez! — voici le manoir, au bout de l'avenue.

Ou bien, au détour du chemin, voici la cabane.

Chaumière ou château, que fait cela?

Avancez! avancez! les bras tendus, l'âme remuée : la porte va s'ouvrir, et vous allez embrasser votre mère.

Qu'elle est bonne! qu'elle est belle! qu'elle est adorée au château, dans la

chaumière, partout! — C'est votre mère.
Le plus grand des amours! Le premier,
le dernier, — le seul!

Notre joli cavalier de vingt ans était encore loin de Rennes, mais il commençait
à ressentir vaguement cette joie que la
plume présomptueuse essaie en vain de
décrire.

Nous disons *vaguement*, parce qu'il ne
savait pas encore. C'était la première fois
qu'il revenait au pays. Cette joie allait le
saisir à l'improviste.

On s'attend bien au plaisir, mais on ne
devine pas l'allégresse.

Il pressait instinctivement la marche
de son cheval.

Ceux qui passaient et qui échangeaient avec lui le salut des voyageurs, n'auraient point su dire exactement quelle position notre cavalier occupait dans le monde.

Son costume était honnête plutôt que riche, et s'il paraissait élégant, c'est que notre jeune homme le portait vraiment comme il faut.

Il avait un habit long de velours noir, avec la veste pareille, un chapeau de feutre noir, à bords plus larges que l'usage ne l'eût exigé, — point de poudre, — une culotte de soie, dont les attaches disparaissaient sous le cuir moëlleux de ses hautes bottes.

Tout cela était simple, assurément, mais tout cela était taillé à la dernière mode de la cour.

Il n'y avait pas là-dedans un atôme de

gaucherie bourgeoise. Et cependant, un cadet de noblesse vous eût levé le nez plus crânement, et plus volontiers posé le poing sur la hanche.

Ce n'était pas un comédien, — ce ne pouvait être un prêtre.

Un médecin ? Il était si jeune !

Un marchand ? fi ! — Un artiste ? Écoutez ; un artiste s'enguenille comme Callot ou se drape comme Salvator. Un artiste ne vit pas : il pose.

Ce n'était pas un artiste.

Ma foi, c'était un charmant jeune homme, voilà ce qui est certain : beaux yeux, beaux cheveux, taille fine et fière, doux regard, franc sourire.

Il traversa, sans s'arrêter, la ville de Vitré. Il ne donna qu'un regard insoucieux aux merveilles de l'antique cité, qu'on dirait conservée dans de l'esprit de vin depuis le temps des Riches-Ducs. Les remparts, le château séculaire, couronné de bouquets, comme une vieille mariée qui célèbre la cinquantaine, les porches pesants et vermoulus, les maisons grises, grimpant les unes sur les autres, tout cela semblait l'intéresser assez peu.

Mais il avisa, sous un porche, une bonne femme qui tricotait un bas de laine mêlée.

Et son cœur battit, et ses yeux se mouillèrent, et son talon toucha le ventre de son cheval.

—Ma mère! murmura-t-il;—ma bonne mère!

Il eût voulu avoir des ailes. Dix lieues encore! Un siècle!

Le cheval fatigué se prit à trotter de son mieux.

Notre ami, car c'est notre ami, ce beau jeune homme, tira de son portefeuille une lettre dont la tournure manquait absolument de poésie.

Il y a de chères lettres qui ne sont pas bien pliées et présentent l'adresse écrite avec un bâton sur un trapèze des plus irréguliers. Il y en a même qui arrivent du village, gardant le *coup de pouce* que vainement on essaya d'effacer.

Cela ne gâte rien.

Mais la lettre carrée, tracée par l'ancien clerc de procureur, devenu écrivain public, la lettre qui commence par ces mots : « La présente est pour avoir le plaisir de te saluer, etc., la lettre où un pauvre diable, idiot par état, a traduit en langage ignorantin le beau langage du cœur, cette lettre-là choque le regard.

C'est un grand malheur pour une mère de ne pas savoir écrire.

La mère qui ne sait pas écrire est obligée d'aller chez M. Popelin et de lui donner dix sous. — Moyennant ces dix sous, M. Popelin envoie au fils absent une large feuille de papier, stylée comme une missive commerciale, ponctuée avec soin, ornée de majuscules et paraphes.

Les Français entre deux âges qui sont chargés de la correspondance chez les banquiers israélites, n'écriraient pas plus lamentablement.

Hélas! ces pauvres mères sont tout heureuses, cependant; elles portent à la poste le papier scélérat; elles se disent : il aura de mes nouvelles!

Et par le fait, la lettre se termine par ces mots sacramentels :

« La santé, du reste, ne va pas mal; je souhaite que la présente te trouve de même. »

La *présente !* Pauvre mère ! si elle savait écrire, ne fût-ce qu'un peu, elle enverrait au loin tout son cœur!

Au lieu de cela, Popelin, écrivain public, expert juré, copie le modèle intitulé : *D'une mère à son fils,* dans le *Parfait secrétaire.*

Ce que nous voudrions voir, au prix de notre honneur, car pour le voir, nous violerions sans remords le cachet inviolable, ce que nous voudrions lire d'un bout à l'autre, c'est la lettre d'amour, écrite par le *chef de la correspondance* à celle qui lui fait manquer ses additions.

Tant que cette épître n'aura pas été intercepée par un observateur immoral et livrée traîtreusement à la publicité, la comédie des mœurs contemporaines sera incomplète.

On ne saura pas jusqu'où s'élève le lyrisme commercial; le fin mot de la passion qui porte une plume derrière l'oreille, n'aura pas été prononcé.

Figurez-vous que ce *chef de la correspondance* nous écrivait avant-hier :

« Monsieur,

» Nous vous accusons la faveur de l'honorée dont vous nous avez avantagé le 7 courant, et dont note que de raison, etc., etc. »

Jugez ce qu'il doit écrire à la suzeraine de son âme, pour peu que cette jeune

personne l'avantage de quelque honorée
faveur,   ou l'honore de quelque faveur
avantageuse, — ou le favorise de quelque
avantage honoré !

Dont note que de raison.

————————

**Mon Dieu oui, ce papier que lisait notre
voyageur avait été noirci par un écrivain
public. Il commençait par :** *La présente est
pour avoir le plaisir de...* **et finissait par :**
*Je souhaite que la présente te trouve de
même.*

**Mais au-dessous de cette dernière for-
mule, il y avait une croix, tracée d'une
main tremblante.**

**Ce n'était pas l'expert juré qui avait fait
cette croix.**

Cette croix, notre bel ami la baisait en pleurant.

La lettre, en somme, disait : Ta mère se porte bien ; elle a tracé cette croix pour que tu la baises...

En faut-il davantage ? Le *Parfait secré-taire*, M. Popelin, le chef de correspondance lui-même, peuvent-ils empêcher une mère de parler à son fils ?

La lettre n'avait guères qu'un mois de date. Elle annonçait que tout était bien. Notre voyageur n'avait rien à redouter.

Son arrivée allait être bonne. On n'allait pleurer que de joie.

A mesure qu'il avançait, cependant, l'émotion du retour le gagnait et le domptait. Il y avait en lui comme une ré-volte inexplicable : sa sensibilité n'obéissait plus à sa raison. C'étaient de soudains élans de joie, puis de soudaines tristesses.

Et ces tristesses comme ces joies se ruaient sur son cœur à l'improviste. Les larmes lui venaient dans le sourire — Il sentait sa poitrine se serrer tout à coup.

Puis un chant s'élançait de son âme.

Vers onze heures, il avait traversé une grande partie de la forêt. Il se trouvait aux abords du bourg de Noyal-sur-Vilaine.

Jusqu'alors il n'avait eu qu'une seule pensée: sa mère ; sa mère.

Sa mère si bien-aimée, qu'il n'avait pas revue depuis cinq ans!

Mais en approchant du bourg de Noyal-sur-Vilaine, une distraction lui vint.

Il est bien rare qu'il n'y ait pas quelque gentil secret dans ces cœurs de vingt ans.

Le pas fatigué de son cheval se relentit peu à peu, et quand les derniers arbres de la forêt lui laissèrent voir la noble architecture du château de Noyal, mirant ses cent fenêtres dans l'eau tranquille de la Vilaine, il s'arrêta.

Un gros soupir souleva sa poitrine.

Et avec ce soupir, un nom de femme, gracieux, léger, souriant, un de ces noms créés pour la beauté des fées.

Marielle! Marielle!...

La tête de notre ami se pencha sur son épaule. Il semblait suivre une vision chère sur ces vertes pelouses, et parmi toutes les croisées du manoir, son regard alla chercher une fenêtre, dont les contrevents hélas! étaient fermés.

Marielle n'était donc plus au château de Noyal?

Cinq ans! la belle jeune fille était devenue femme sans doute; femme opulente et noble, femme heureuse, enviée, adorée.

Notre ami resta une minute tout entière en contemplation devant le château de Noyal.

— Cinq ans! murmurait-il.

Puis il ajouta, pendant que son sourire s'imprégnait de tristesse :

— Pourvu que Dieu lui ait gardé son bonheur.

La minute était passée. Notre ami releva le front et détourna brusquement son regard, comme s'il eût dit adieu au noble château et à je ne sais quels souvenirs trop chers. Il secoua ses longs cheveux bouclés avec un petit mouvement d'orgueil austère et donna de l'éperon à son cheval en murmurant :

— Moi, je n'aime que ma mère!

CHAPITRE II.

Le tas de cendres.

Celui-là n'aimait que sa mère. — Vous souvenez-vous de notre petit Pichenet, le danseur de corde, le fils de la pauvre Chaumel, l'esclave de Malbrouk ?

Pichenet aussi, disait en adorant de loin la divine beauté de Marielle : moi, je n'aime que ma mère !

II.   3

Notre voyageur, c'était peut-être Pichenet, l'épée au côté, en grand habit de velours noir, — la bourse assez bien garnie pour jeter des poignées de pièces blanches aux mendiants de la route.

Il avait donc fait fortune, alors?

Mon Dieu oui. C'était Pichenet. Il avait fait fortune. Voici son histoire !

Le soir où il crut avoir tué Malbrouk, nous l'avons vu s'enfuir le long des murs de l'abbaye de Saint-Melaine, après que sa mère épouvantée l'eut poussé hors de la cabane.

Il sortit de la ville et alla se coucher dans l'herbe sur la lisière d'un champ. Il était fou. Le meurtre qu'il croyait avoir commis, cet atroce regard que Marielle lui avait jeté en bâillant, — et encore

cette aumône, —tout cela lui tournait
la tête.

Il souffrait horriblement, sans avoir la
conscience de sa situation.

Il songeait surtout à ce gentilhomme qui
avait gardé la pièce d'or de Marielle après
l'avoir baisée. Il aurait bien voulu avoir
une épée et provoquer ce gentilhomme.

Certes, M. le chevalier d'Avaugour ne
se doutait pas de cela.

Il avait déjà une affaire avec Lacuzan
pour le lendemain. Ce n'était rien. Mais
s'il avait pu penser que Pichenet...

Allons, ne raillons pas ce pauvre Pichenet !

Aussi bien, réparons un oubli et disons
que M. d'Avaugour donna un honnête
coup d'épée à Lacuzan qui lui en rendit
deux.

Ce qui les remit au mieux ensemble.

Le lendemain de cette soirée terrible, Pichenet, qui avait passé une nuit pleine de fièvre, durant laquelle il avait rêvé qu'on le saisissait, qu'on l'enfermait, que sais-je? — Pichenet, disons-nous, s'éveilla dans un lit excellent, autour duquel se drapaient de beaux rideaux de soie.

Je vous donne à penser s'il crut rêver encore.

Il n'y avait avec lui dans la chambre qu'une jolie petite fille qu'il crut reconnaître pour la plus jeune des demoiselles de Noyal.

Au premier mouvement qu'il fit, Blanche, car c'était bien elle, ouvrit la porte et cria :

— Lacuzan! Lacuzan!

Et Pichenet vit entrer un noble seigneur qui lui sembla plus majestueux qu'un roi.

Il restait muet.

Le seigneur s'approcha de lui et lui dit :

— Mon enfant, voici une demoiselle qui s'intéresse à vous.

Pichenet regarda Blanche, qui lui fit rondement un signe de tête tout amical.

— Mon enfant, reprit Lacuzan, — vous ne pouvez retourner chez votre mère, voulez-vous aller étudier à Paris?

Paris! sait-on ce qui enseigne aux jeunes intelligences le charme lointain de Paris?

— Si je le veux! balbutia Pichenet rouge de plaisir.

Mais il ajouta aussitôt :

— Je ne verrais plus ma mère !

Blanche s'approcha de lui, serra sa main et dit :

— C'est bien.

Lacuzan reprit encore :

— Nous aurons soin de votre mère, cette demoiselle et moi... C'est pour elle qu'il faut partir.

Pichenet était tout habillé sur le lit. Il sauta en bas et baisa les deux mains de Blanche.

— Que Dieu vous bénisse tous les deux, murmura-t-il ; je veux bien partir.

Il partit, la poche pleine, avec des lettres de Lacuzan pour ses amis de Paris.

Parmi ces amis se trouvait M. de Pont-carré de Viarme, ancien intendant de la province de Bretagne, présentement conseiller d'Etat.

Pichenet fit son cours de médecine, sous les auspices du fameux Dodart, ancien médecin du duc de Bourgogne et premier médecin du roi.

Il est bien entendu que Pichenet s'appelait à Paris M. Adrien Chaumel.

Les médecins, suivant la cour, qui étaient bien aise de complaire à M. Dodart, prirent Adrien Chaumel sous leur protection collective. Adrien fut l'enfant chéri de la Faculté. Il passa des examens magnifiques et soutint une thèse qui fit époque dans les annales de l'école; on put prévoir dès-lors quel serait son avenir.

Quand il eut dix-neuf ans, M. Dodart,

assisté de M. de Viarme, le fit nommer aide-médecin de la chambre du roi.

Comme vous pouvez le penser, depuis ce moment-là, la Chaumel fut à même de refuser les bienfaits de Lacuzan.

Voilà ce qu'était devenu Pichenet, — M. Adrien Chaumel, — et pourquoi il portait un habit de velours noir avec l'épée au côté.

Il venait à Rennes, chargé d'une mission du conseil, pour étudier les symptômes du Mal d'Enfer, qui était passé à l'état endémique et résistait obstinément à tous les efforts (1).

---

(1) Le *Mal d'Enfer*, ou *Mal du Levant*, ou *Maladie hongroise*, car on lui donnait ce nom et plusieurs autres encore (*petite vérole noire*, *charbon de Hongrie*, etc.), ne disparut définitivement de Rennes et de ses environs que deux ans plus tard, vers l'automne de 1756.

Une épidémie qui passe, au dire de la science, à l'état endémique, est tout bonnement une épidémie qui s'acclimate, prend droit de bourgeoisie, et nargue la faculté définitivement.

Il était plus de midi quand Pichenet aperçut de loin la silhouette lourde et carrée des tours de Saint-Pierre.

Son pauvre cheval qui était de Paris ne pouvait partager sa joie patriotique, et soufflait tristement; il ne comprenait rien aux coups d'éperon qui lui arrivaient comme grêle.

Il allait de son mieux, mais Pichenet chantant, criant, se démenant, agitant son chapeau comme un maniaque, ne lui laissait pas un instant de trêve.

Il avait reconnu les arbres de l'évêché,

la tour de Saint-Melaine, l'étroite avenue du mail d'Onge. Il descendait au grand galop la rue Hue et ne s'arrêta qu'à l'angle de l'enclos de Noyal.

Toujours ce nom de Noyal sur le chemin de Pichenet!

Il sauta sur la chaussée et monta ce petit chemin qui conduisait au tertre sablonneux où se tendait jadis la corde raide, attachée à deux poteaux.

Oh! que de souvenirs tristes! mais que de souvenirs heureux!

Pourquoi la Chaumel ne devinait-elle pas la venue de son fils?

Pichenet montait le chemin; il le montait lentement, parce que son cœur battait si fort! A moitié route, il entonna d'une voix tremblante le chant de ses premières années.

Il se disait :

— Ma mère va m'entendre... Elle va se dire : Je rêve, — puis prêter l'oreille, la pauvre femme arrêtant son rouet pour écouter mieux...

Et il interrompait son chant, afin d'ouïr le premier cri de sa mère.

Ce cri de la joie immense et folle.

Mais il n'entendait rien.

Il montait.

— Enfant que je suis, pensait-il; — voilà que j'ai peur !

Au détour du petit chemin, son regard, enivré de bonheur, s'élança vers la cabane.

La porte était-elle ouverte ?

La bonne femme était-elle assise comme toujours sur le seuil ?

Un cri rauque cependant s'échappa de la poitrine de Pichenet.

Il se frotta les yeux, — car c'était peut-être une affreuse illusion, — il se frotta les yeux : le tertre était tout nu.

A la place de la cabane, il y avait un petit tas de cendres.

Pichenet tomba sur ses deux genoux.

Il fut obligé de ramper pour arriver jusqu'au tas de cendres.

Il toucha la terre, qui était froide.

Combien y avait-il de jours que sa mère était morte?...

————

Pichenet reste là bien longtemps prosterné, immobile, comme si la foudre l'eût frappé.

Le crépuscule du soir venait quand il releva la tête.

Vous n'eussiez pas reconnu l'enfant joyeux qui, tout à l'heure, gravissait la montagne en chantant.

Ce coup terrible l'avait pour ainsi dire écrasé.

Il regarda autour de lui. — Les grands arbres de l'abbaye pendaient par dessus le mur de l'enclos. Les fenêtres de l'hôtel de Noyal étaient toutes fermées.

Il y avait là, tout à l'entour, quelque chose de lugubre et d'abandonné.

— Il faut que je sache, pensa Pichenet, dussé-je en mourir, il faut que je sache !

Des pas se faisaient entendre. La petite porte du jardin de Noyal s'ouvrit, la petite porte qui était sous le cabinet de verdure où Blanche se cachait autrefois pour guetter Pichenet.

Lapierre, le vieux jardinier, sortit.

— Il avait les cheveux blancs et il marchait tout courbé.

— Qu'est-il donc arrivé ici, Lapierre ? demanda Pichenet en s'élançant vers lui.

Lapierre le regarda.

— Je ne vous connais pas, dit-il; — mais il y en a tant qui demandent : Qu'est-il donc arrivé ici ?...

Il montrait d'un geste mélancolique les fenêtres fermées de l'hôtel.

— On ne sait pas... reprit-il; — on ne sait pas... c'était bien brillant, au temps jadis... et j'ai vu de belles dames sur ces pelouses, moi qui parle... maintenant... mais à quoi bon parler ? on ne sait pas !

— Quoi? s'écria Pichenet; — il y a donc eu du malheur... là aussi?

— Du malheur?... répéta Lapierre; — j'ai vu mademoiselle Blanche pleurer... mais on ne sait pas.

Mademoiselle Blanche de Noyal, dit Pichenet, ému au souvenir de ce que la jeune fille avait fait pour lui, — que Dieu la bénisse et la console !... Mais, mon brave homme, ajouta-t-il, tandis que sa voix tremblait de nouveau, — ce n'est pas de l'hôtel que je parle.

— Ah! fit Lapierre, étonné de ce qu'on pût songer à autre chose qu'à l'hôtel.

— Là! là! continua le jeune homme en désignant du doigt le petit tas de cendres, — que s'est-il passé là?

Le vieux jardinier croisa ses bras sur sa poitrine.

— La Chaumel était une digne femme,
dit-il. — Il y avait là une maison, et c'était
la Chaumel qui demeurait dans cette
maison.

— Toute seule ?

— Toute seule... Au temps jadis, ils
étaient trois là-dedans... La bonne femme
avait avec elle son mari et son fils... Ce
qu'est devenu le fils, je n'en sais rien...
On dit pourtant qu'il a fait du bien à sa
mère dans les derniers temps... Quant
au mari, voilà maintenant bien des années qu'il fut pris du Mal d'Enfer, un jour
de dimanche, après avoir dansé sur la
corde. C'était son métier. Et je me souviens que la petite demoiselle me fit cou-
per une fois une grosse branche où ce
Malbrouk attachait sa corde...

Pichenet attendait.

Il n'interrogeait plus. La prolixité du vieux jardinier, c'était pour lui quelques instants de répit avant le coup mortel qu'il pensait recevoir.

— Ce Malbrouk, poursuivait cependant Lapierre, ne s'est jamais guéri du Mal d'Enfer... Il faisait bien des misères à la pauvre femme, qui, par un miracle de Dieu, ne gagna point la maladie... Mademoiselle Blanche et monsieur le comte s'intéressaient à elle... Monsieur le comte obtint de faire enfermer Malbrouk, qui avait la folie noire, à l'hospice des Cordeliers...

— Qui appelez-vous monsieur le comte? demanda Pichenet.

— Le mari de l'aînée, répondit Lapierre, — le comte Henri de Lacuzan.

- Ah! fit le jeune homme; — elle est mariée!

— Oui... depuis cinq ans.

— Est-elle heureuse?

Cette question, Pichenet ne put pas la retenir.

Lapierre le regarda encore avec étonnement.

— Le comte est un chrétien et un gentilhomme, répondit-il; mais il est jaloux, à ce qu'on dit... Et puis, écoutez : on ne sait pas! on ne sait pas!

Ce mot, qui revenait si souvent dans la bouche du vieux jardinier, avait une physionomie toute particulière.

C'était comme le cri de fatigue d'un homme qui s'est lassé à vouloir trouver le mot d'une énigme et qui *jette sa langue aux chiens*, suivant l'expression proverbiale.

Il y avait dans ce mot et dans la manière dont il était prononcé, tout un imbroglio, toute une série de mystères.

— Non, non, continua Lapierre, on ne sait pas... Je vous dis que j'ai vu mademoiselle Blanche pleurer... et qui sait où elle est à présent mademoiselle Blanche! Le comte est plus pâle qu'un homme à l'agonie... Et tous les bruits qui courent... Mais revenons à la bonne femme, puisque vous vous intéressez à elle.

Quand on vint prendre ce grand coquin de Malbrouk autrefois, pour le conduire à l'hospice des Cordeliers, il était comme un enragé. On fut obligé de lui mettre la chemise de bois.

Il disait que c'était la Chaumel qui lui

valait cela, et il criait : Je reviendrai...
Vous verrez tout ça flamber !

Et, en passant, il montrait le poing aux
fenêtres de l'hôtel en grondant :

— Vous verrez, vous verrez!... Quand
je reviendrai, tout le monde en aura!...

— Et il est revenu? dit le jeune médecin.

— Il y a de ça un peu plus de deux semaines... Il s'échappa de l'hospice des
Cordeliers... Il fit peur au monde par la
ville, avec son masque noir et ses grands
membres de squelette... Car on ne voit
plus guère de masques noirs dans les
rues, depuis qu'on les met à l'hôpital.

Il se cacha dans les saules du bord de
l'eau jusqu'à la nuit.

A la nuit, il vint mettre le feu à la cabane.

— Et la Chaumel? prononça Pichenet d'une voix étouffée.

— Eh bien ! répondit Lapierre, la Chaumel était dedans.

La terrible simplicité de cette réponse terrassa Pichenet comme eût fait un coup de massue. Il mit ses deux mains sur son visage.

Mais il y en a qui disent, reprit le jardinier, qu'elle s'est sauvée par l'enclos de l'abbaye... on ne sait pas.

Pichenet se redressa de toute sa hauteur.

— Sauvée ! s'écria-t-il, ma mère !

Le vieux jardinier le saisit par le bras et le tourna au jour.

— Tiens ! tiens ! fit-il ; — mais non... mais si... au fait, on ne sait pas !

Ce brave homme était devenu sceptique deux fois autant que Pyrrhon.

Et, pour le dire tout de suite, ce qui avait jeté son esprit dans cet abîme de doute où il se noyait, c'était l'affreux concert de cancans, de bavardages, de commérages, de caquets et de mensonges qui entourait depuis quelque temps l'hôtel de Noyal.

Il s'était réellement passé dans la famille quelque chose d'étrange et de mystérieux; mais, grâce aux vicomtesses enragées d'un côté; de l'autre, grâce à Guillemitte Barbedor, à Mormichel, au cinq Trécocké, à Vivé, portier, à Badabrux, célibataire, à M. et madame Soliman, à la veuve Nestor et autres, les suppositions, les affirmations, les contradictions débordaient avec une telle furie, que la ville entière en affolait.

— Sauvée ! répétait Pichenet. Vous m'avez dit que ma mère était sauvée !...

— Est-ce qu'on sait ? dit le jardinier, — bon Jésus ! est-ce qu'on sait ?...

— Et par qui pourrai-je le savoir ?

— Par qui ?... Oh ! par tout le monde.., seulement, il y en aura dix qui vous diront oui... et dix qui vous diront non... Il y a un endroit pourtant... mais on n'y entre pas.

Le vieux jardinier avait baissé la voix en prononçant ces derniers mots.

— Quel endroit ! s'écria Pichenet, en lui pressant les deux mains.

Lapierre regarda tout autour de lui d'un air craintif, et finit par répondre :

— Le Tombeau de Velours.

Pichenet répéta ces quatre mots, qui n'avaient pour lui aucun sens.

Lapierre ne parlait plus.

— Je ne connais pas de lieu qui se nomme ainsi, dit enfin Pichenet.

— C'est qu'au temps où vous étiez ici, répliqua Lapierre, ce lieu avait un autre nom.

— Quel nom?

— Le château du Grail.

— Et pourquoi l'a-t-on nommé le Tombeau de Velours.

— Pourquoi?... répéta Lapierre.

Il secoua la tête lentement.

— Est-ce parce que Marielle de Noyal?... commença le jeune homme.

— Ils appellent bien Lacuzan Barbebleue ! grommela le jardinier.

— Elle est donc malheureuse !

Lapierre mit la main sur le verrou de
la porte basse et répondit avec emphase :

On ne sait pas !

Puis il poussa la porte et disparut.

CHAPITRE III.

Premier conciliabule.

..... — Voilà toute la vérité, dit le portier Vivé d'un air grave — ce n'est pas moi
qui vous mentirais, n'est-ce pas?... Je n'ai
pas l'habitude de parler sans savoir... c'est
bon pour les bavards et pour ceux qui
n'ont pas de position fixe... Mais moi, c'est

différent... moi, je suis un homme établi et de confiance... moi...

— Barbebleue! parlez-nous de Barbe-bleue! interrompit le chœur.

Le chœur était composé de Guillemitte-Barbedor, haute-contre; de madame So-liman, soprano; des cinq demoiselles Tré-coché, contralti, et de la veuve Nestor, sage-femme jurée et mezzo-soprano — de Mormichel, **ténor aigre-doux**; de M. Soli-man, fort ténor, comme tous les perru-quiers; de M. le chevalier de M. Badabrux, célibataire et baryton.

Le suisse Vivé fournissait la basse-taille.

Ce chœur, véritablement horrifique, détonnait dans une boutique assez propre, faisant le coin de la rue Saint-Georges, et portant pour enseigne :

A la Grosse Pelotte et la Grosse Carotte
réunies.
Mormichel-Barbedor,
Marchand de Tabac, Mercier, etc.

Saturnin et Guillemitte étaient mariés.

L'obstination de la vieille fille avait vaincu enfin les légitimes répugnances du vilain petit homme.

Guillemitte s'appelait madame Mormichel; Saturnin avait ajouté à son nom le joli nom de Barbedor.

— Barbebleue! parlez-nous de Barbebleue!

Vivé s'accorda une prise dans la tabatière de Guillemitte, qui n'aimait pourtant pas de ces prodigalités.

Après avoir humé sa prise avec une vé-

ritable importance, il secoua son jabot
en portier gentilhomme,

— Voici la vérité, répéta-t-il; c'est un
tapissier de Fougères qui a tendu le Tombeau de velours..., car Barbebleue n'a pas
osé faire venir un tapissier de Rennes...
Je tiens la chose de l'ouvrier, lui-même,
qui a posé quinze cents aunes de velours.

— Quinze cents aunes de velours! répéta le chœur.

— A vingt livres l'aune, l'un dans l'autre, ajouta Guillemitte, la calculatrice —
cela fait dix mille écus...

Et madame Nestor dit en solo :

— Sainte Vierge! dix mille écus de velours!

— Pour ce qui est de ça, reprit Vivé —
c'est beaucoup de velours, il n'y a pas de

doute... mais il en faut pour tapisser un château du grenier aux caves... un château qui compte autant de fenêtres qu'il y a de jours dans l'année.

L'une des cinq demoiselles Trécoché — nous ne saurions dire au juste laquelle — fit observer que pour tendre un pareil château, il faudrait, non pas quinze cents, mais quinze mille aunes, et davantage.

Vivé regarda cette Trécoché de travers.

Si on ne veut pas que je parle, dit-il, je n'y tiens pas... Bonsoir, messieurs, mesdames, et la compagnie !

— Non, non, monsieur Vivé, chanta le chœur.

La Trécoché coupable baissa la tête et se tut.

Vivé voulut bien consentir à ne point

priver l'assemblée de ses précieux renseignements.

— Je pense bien, continua-t-il avec un soupir de sensibilité — que la pauvre jeune dame n'est pas encore tuée, quoique personne ne l'ait aperçue depuis un mois... Barbebleue joue avec elle comme le chat avec la souris...

— Ah! fit Saturnin Mormichel — tout ce qu'on peut souhaiter à la pauvre dame, c'est d'en finir bien vite.

— Et dire que les gens du roi se croisent les bras devant de pareilles abominations! s'écria madame veuve Nestor.

Le chœur bourdonna :

— En quel temps vivons-nous, seigneur Dieu! en quel temps vivons-nous!

Badabrux ne donnait pas beaucoup de

voix. Il s'encanaillait avec ces petites gens pour faire sa provision de nouvelles.

Avec les vicomtesses seulement il déployait l'ampleur tragique et enrhumée de son organe.

— Voyez-vous, reprit Vivé — il est certain que les squelettes des trois pauvres demoiselles... Vous savez... les autres?

— Oui, oui, dit le chœur — celles qu'il a tuées avant de les épouser.

— Il est certain que leurs squelettes sont dans les caves du château.

— Les avez-vous vus, vous, monsieur Vivé? demanda Guillemitte.

— Madame Mormichel, répondit le portier, vous n'ignorez pas que, par ma position, j'ai dû aller bien des fois au château de M. le comte depuis qu'il est notre allié.

Quoique je n'aie pas trempé dans ce malheureux mariage, il n'en est pas moins vrai que je me trouve forcé de fréquenter le gendre de M. le marquis. Eh bien, la femme de charge m'a parlé d'un caveau...

Ici, le cercle se resserra autour du portier, allié, malgré lui, de M. le comte Henri de Lacuzan.

— D'un caveau, reprit celui-ci — d'un certain ca eau... où il n'y a ni vin, ni bois, ni cidre...

— C'est assez clair, cela! dit-on à la ronde.

— Par le fait, risqua Badabrux — un caveau où il n'y a ni vin, ni bois, ni cidre, doit renfermer, de toute nécessité, trois squelettes de demoiselles.

— Où récitez-vous vos comédies le dimanche, à présent, monsieur le chevalier ? demanda le portier.

— Mais... commença Badabrux.

— C'est que vous ne dînez plus chez nous le dimanche, depuis qu'il n'y a plus personne... et il faut bien que vous dîniez quelque part !

Badabrux eut la mauvaise pensée de briser sa canne à bec de corbin sur le nez du fonctionnaire Vivé ; mais il se contint en songeant qu'il fallait passer devant sa loge pour arriver à la salle à manger du marquis de Noyal.

Il paya sa demi-once et sortit, absolument privé des honneurs de la guerre.

— Voilà comme j'arrange les pique-assiettes, moi ! dit Vivé avec orgueil.

— Et vous faites bien ! s'écria le chœur.

— Mais, Barbebleue! Barbebleue!...

— Ma foi! ce Lacuzan n'est pas déjà de si bonne maison! reprit le portier — Il a fallu bien sûrement de la sorcellerie pour qu'une Noyal ait consenti à l'épouser... D'autant mieux que chacun sait que mademoiselle Marielle songeait au chevalier d'Avaugour... un vrai gentilhomme, celui-là!

— Il me doit trois louis, dit Guillemitte.

— Eh bien! madame Mormichel, quand il vous les paiera, vous m'enverrez chercher. Mademoiselle Marielle l'a voulu... les avertissements ne lui ont pas manqué... Tout le monde, on peut le dire, tout le monde savait qu'il avait donné le Mal d'Enfer à ce malheureux Malbrouk rien qu'en le regardant entre les deux yeux.

— Ça, c'est connu comme le loup blanc.

— Voilà donc qui est bon !... Maintenant pourquoi fait-il tendre du velours sur toutes ses murailles ?... J'ai entendu dire qu'il voulait étouffer sa femme là-dedans, et la conserver toute blanche et toute belle, comme une sainte dans sa châsse.

— Il en est bien capable !

— Mais le marquis ? demanda madame veuve Nestor — que dit-il de tout cela ?

— Le marquis, répondit Vivé — pauvre monsieur !... sauf le respect que je lui dois, il est comme imbécille depuis que mademoiselle Blanche a disparu... Il dit qu'il s'adressera au roi... que peut le roi contre un magicien ?...

Vous dire la jouissance étrange éprouvée par chacun des membres du cercle Mormichel-Barbedor, en se plongeant dans cet océan de mystérieux bavardages, est chose impossible.

Les événements auxquels il était fait allusion occupaient, du reste, Rennes tout entier. Personne ne désignait plus le comte Henri de Lacuzan que sous le nom de Barbebleue.

Il avait séquestré sa femme, voilà le fait certain.

Par jalousie? Pour tout autre motif? On ne savait au juste.

Mais il la tenait rigoureusement prisonnière dans son château du Grail, où il s'était enfermé, comme en plein moyen-âge, avec des vivres et une garnison.

Sa garnison se composait des vingt

hommes qu'il avait amenés des bords du Danube, et que l'on avait appelés de tout temps les dragons-Lacuzan.

N'y avait-il pas là de quoi faire gloser une ville bavarde, depuis le matin jusqu'au soir?

Mais ce n'était pas tout.

A ce fait, si singulier par lui-même, venait s'ajouter toute une série de faits encore plus bizarres.

C'était d'abord cette inexplicable fantaisie de faire couvrir de velours tous les murs du château. L'histoire du suisse Vivé était vraie au fond. Elle n'était même pas très-fraîche. Depuis quinze jours, le château du Grail, changeant de nom, s'appelait, pour le peuple, pour la bourgeoisie et pour la noblesse de Rennes, le Tombeau de velours.

Ensuite, la disparition de Blanche de Noyal, sœur de la comtesse, au moment où elle allait épouser le comte Albert de Coëtlogon, qu'elle aimait.

Disparition subite que tout le monde avait connue dès le lendemain, et que personne n'avait su expliquer.

Ensuite...

Mais laissons parler le gazetier Vivé.

— C'est tout de même bien étonnant! murmurait le chœur.

Et cela voulait dire :

— C'est tout de même bien amusant d'avoir de pareils prétextes pour passer sa soirée chez le marchand de tabac!

Je suis allé aux informations, comme vous pensez, reprit Vivé — les domestiques n'en savent pas plus long que nous...

Il y a toute une portion du château qui n'est desservie que par ces vingt grands coquins de Turcs que Barbebleue avait déguisés en dragons... La femme de chambre de madame la comtesse a disparu... Ce qui se passe dans les appartements réservés, demandez-le aux vingt païens.

Le jeune M. de Rieux, qui a voulu le savoir, en a été pour une balle de mousquet dans l'épaule... Et les charbonniers l'ont trouvé, jeudi de la semaine dernière, couché dans son sang, au fond de la douve...

Ceci était encore vrai.

M. de Rieux, ancien prétendant de Marielle, avait été blessé de nuit dans les fossés du terrible château du Grail.

— Et, figurez-vous, continua Vivé avec

indignation — qu'après tout cela et le
reste, Barbebleue a eu l'effronterie de se
présenter la semaine dernière au bal de
monseigneur le gouverneur de la province.

— Oh!... fit le cercle, arrivé au pa-
roxysme de la curiosité — est-ce bien
possible!...

Il est entré... en grand costume de colonel... avec sa croix de l'ordre... l'épée au
côté et le casque en tête...

— Quant à être un bel uniforme, interrompit madame Salomon — c'est un bel
uniforme.

— La paix! dit le chœur.

— S'imagine-t-on une chose comme
ça! poursuivit le portier — Barbebleue
chez monseigneur le gouverneur!

Personne ne lui parlait. Tout le monde avait peur.

Il passait dans les salons, tout maigre et tout pâle, comme il est depuis quelque temps, les yeux creux et brûlants.

— Comme qui dirait un vampire, quoi ! qui a soif de sang humain.

Vous souvenez-vous comme il était crâne autrefois ?

Eh bien ! ce n'est plus ça.

Poltron, voyez-vous, maintenant, poltron plus qu'un lièvre !

— Allons donc ! dit la perruquière — voilà qui n'est pas possible !

— Vous sentez bien, reprit Vivé — sans prendre garde à cette interruption — que ça ne pouvait durer... Ces dames, la vicomtesse de Galirouet, la vicomtesse de

Breuil et les autres ont commencé à larder les messieurs, quand elles ont vu l'insolence de Barbebleue.

Petit à petit, les oreilles se sont échauffées.

Le chevalier de Talhouët a fini par crier d'un bout à l'autre du salon :

— Comte, comment se porte madame la comtesse ?

Barbebleue est devenu vert.

C'est ce que voulait le chevalier de Talhouët, qui a traversé gaillardement le salon pour aller lui répéter sa question entre quatre-z-yeux, comme l'on dit.

— Et que lui a-t-il répondu ? demandèrent vingt voix en même temps.

— Il a d'abord fait le fier et lui a répondu quelque chose comme ceci : Mêlez-vous de vos affaires... ou bien : Ça ne vous regarde pas... Mais Talhouët a mis le poing sur la hanche... vous savez...

— Oh! dit une Trécoché — c'est joli un homme qui met le poing sur la hanche !

— Et alors, continua Vivé — le Barbebleue, tout Barbebleue qu'il est, a mis sa langue dans sa poche !

— Un homme marié qui est assez rien du tout pour battre les femmes, fit observer la sage Guillemitte Barbedor — n'a pas le courage de résister à l'autre sexe !

Il y avait un bruit dans Rennes, c'est que Guillemitte Barbedor, abusant de sa force supérieure, battait cruellement le beau petit Mormichel.

— Vivé reprit :

— Devant tous ces messieurs et devant toutes ces dames, le Barbebleue a pris la porte sans mot dire, et a disparu plus vite qu'il n'était venu... Comment trouvez-vous ça?

Nous sommes encore forcés d'avouer ici que le suisse Vivé disait vrai, sauf détails.

Lacuzan avait été insulté dans les salons du gouverneur de la province.

Et Lacuzan s'était retiré devant l'insulte — pâle et muet.

Lacuzan, le soldat de Belgrade!

L'homme aux cinquante duels! le casse-cou qui poussait la témérité jusqu'à la folie!

Car chacun savait bien que sous son apparence calme et froide, Lacuzan ca-

chait l'audace la plus extraordinaire qui
se puisse imaginer.

Et voilà qu'il baissait la tête en silence,
non point devant une de ces insultes qu'on
a le droit de mépriser, non point devant
un de ces petits messieurs à qui l'on tourne
le dos quand le pied, trop vif, n'a pas
fourni la réplique — mais devant une insulte calculée et devant un Talhouët!

Talhouët était, pardieu! de bien meil-
leure maison que Lacuzan, et il n'y avait
pas à faire la petite bouche!

Il fallait donc que Lacuzan se sentît
bien coupable, ou qu'il fût bien tombé!

— Mais voilà le bouquet' s'écria le père
Vivé en se frottant les mains — tout ce
que je vous ai dit jusqu'à présent, vous
auriez bien pu le savoir, puisque ça court

la ville... tandis que ce que je vais vous
dire...

Il s'arrêta brusquement et mit un doigt
sur sa bouche.

— Au fait, reprit-il, tout bien consi-
déré, je ne vous le dirai pas.

— Oh! père Vivé! monsieur Vivé! cria
tout le chœur suppliant.

— Non, mesdames... non, messieurs...
ça ne serait pas délicat... Je mange le
pain de cette maison-là depuis des années!...

— Père Vivé, nous ne le dirons pas!

— Parole sacrée! ajouta d'une voix
mâle la famille Trécoché — nous garde-
rons le secret!

Le coquin de portier se fit prier conve-
nablement, puis il croisa ses mains sur
son ventre d'un air papelard.

— Écoutez, mes petits enfants, dit-il ; je leur suis attaché, moi, à ces Noyal, tout de même... Il faut me promettre de ne pas faire de cancans là-dessus. (bruyantes protestations.) **Bien ! bien !** je sais que vous n'êtes pas des mauvaises langues.

Voilà donc le fin des fins... que je vous le donnerais en mille et en cent mille...

On n'a pas enlevé mademoiselle Blanche de Noyal.

C'est elle qui s'est échappée pour aller rejoindre Barbebleue...

Un cri d'horreur jaillit de toutes les poitrines.

— Mais alors... mais alors... clamèrent à la fois toutes les femmes — elle a dû tremper dans l'assassinat de sa malheureuse sœur ?

— Mais alors, c'est un puits d'abomination que tout cela !

— Mais alors, elle est la maîtresse de son beau-frère !

— Mais alors... mais alors...

Oh ! seigneur Dieu ! ce que l'on imagina d'infamies, nous n'avons pas le courage de le dire en détail.

L'histoire de la famille d'Atrée était un conte moral auprès de l'imbroglio épouvantable inventé séance tenante par les chalands de *la Grosse Pelotte et la Grosse Carotte réunies*.

C'était à faire dresser les cheveux !

Vivé cherchait à calmer la tempête soulevée.

— Là, là, mesdames et messieurs ! disait-il — vous m'aviez pourtant bien pro-

mis de ne pas faire de cancans!... Songez
à ma position... songez qu'un mot pourrait me mettre sur le pavé!...

— Vous savez autre chose encore, répliqua le chœur; nous voulons tout con-
naître !

—Eh bien, voilà comme ça s'est passé...
Il est au su et au vu de tout le monde que
le jeune M. Albert de Coëtlogon, cousin
du lieutenant du roi, est amoureux fou de
mademoiselle Blanche...

— Le jour où ça lui est venu, interrompit Guillemitte Mormichel, née Barbedor
— il aurait mieux fait de se pendre.

— Jusqu'à présent, continua le portier,
on avait cru que mademoiselle Blanche le
payait de retour...

—Ah! ouiche! s'écria madame Salomon — il y a du temps qu'elle court après ce Lacuzan !

— On sait l'affaire du portrait! appuya Bébelle Trécoché.

— Sans compter, envenima madame veuve Nestor — sans compter l'histoire de ce petit bonhomme qui dansait sur la corde... le fils de Malbrouk...

— Pichenet ! s'écria le chœur.

— Oui, Pichenet... les gens de la rue Hue la voyaient sortir le matin avant le jour... une jeune fille de douze ans !... C'est bien le cas de dire qu'il n'y a plus d'enfant !

— Enfin des fins, interrompit le suisse de Noyal — tout ça c'est de l'histoire ancienne... moi, je ne parle que du neuf et du tout frais ! Vous avez bien entendu dire que M. Albert de Coëtlogon s'est battu en duel lundi dernier avec le chevalier de Talhouët?

— Aux buttes Saint-Cyr! dit madame Salomon.

— Et que le chevalier a eu le bras piqué, le pauvre garçon!

— Et le petit Coëtlogon un coup d'épée à la joue.

— Quant à ça, fit observer Bobonne Trécoché, je ne déteste pas qu'un jeune homme ait des marques à la figure... ça fait penser qu'il fait chaud sous son bonnet...

— Et comment ne saurions-nous pas tout cela? demanda Guillemitte avec dignité, puisque la femme du chirurgien Tirou prend son tabac chez moi?

Elle disait *chez moi*.

Malheureux Mormichel!

— Après la scène de samedi soir entre Talhouët et Barbebleue, reprit M. Vivé — mademoiselle Blanche pleura toute la nuit... Le matin elle m'envoya chez le jeune M. de Coëtlogon, qui vint à l'hôtel sur les dix heures; mademoiselle Blanche et lui causèrent jusqu'au dîner. Au lieu de s'asseoir à table, M. Albert partit chercher M. de Talhouët, qu'il rencontra sur la place du Présidial, et qu'il appela en duel de but en blanc pour le lendemain matin.

Le chœur éclata de rire.

— Allons! dit Bébelle — il commence bien celui-là!... Se battre pour le galant de sa future : c'est gentil!

— Et ce fut justement lundi matin, acheva le portier — que mademoiselle Blanche s'enfuit de l'hôtel, soi-disant pour aller au château de Noyal... Elle avait reçu une lettre de Barbebleue... Elle n'a pas reparu.

— Or, comptons un petit peu sur nos doigts.

Voici pas mal de gens qui vont au Tombeau de velours, et qui n'en reviennent pas!

D'abord madame la comtesse, la pauvre femme!

— Ensuite, la fille de chambre.

Ensuite la bonne femme Chaumel, qui se sauva de la maison incendiée, et qu'on a vue rôder mardi autour du château de Barbebleue.

Ensuite mademoiselle Blanche de Noyal.

— Cela fait quatre, dit la Nestor.

— Quand nous serons à cinq, déclama Vivé — nous marquerons une croix, et peut-être qu'alors les gens du roi songeront à visiter ce château maudit, qui doit sentir le cimetière !

— Les gens du roi, dit madame Mormichel en femme sûre de son fait — ont peur des dragons turcs qui sont des diables.

— On trempe les balles de mousquet dans du vinaigre de cidre, répliqua Vivé sèchement — on se met cent contre un, et au petit bonheur !

— Ou bien, ajouta Saturnin, on creuse une mine sous le château.

— Et, d'ailleurs, reprirent trois Trécoché, n'y a-t-il pas des bombes à l'arsenal?

— Sans doute, sans doute, conclut Vivé; mais les balles trempées dans du vinaigre de cidre auraient suffi. Pourquoi détruire le château du Grail, qui vaut de l'argent? Une fois Barbebleue enterré, le château n'aura plus de maître, puisque le nom de Lacuzan s'éteint avec lui... On pourrait vendre les biens et partager le prix entre ceux qui auraient servi fidèlement la famille.

— Quant à ça, s'écria Guillemitte, tout le monde sait bien qu'il se fournissait ici.

— Nous boutonnions sa livrée, dit Saturnin-Mormichel-Barbedor.

— Nous le rasions! ajoutèrent les époux Soliman.

Les Trécoché constatèrent qu'elles a-
vaient vendu à son maître-d'hôtel d'innombrables douzaines de sardines, et
madame Nestor établit que la nièce de la
femme de charge avait passé par ses mains
habiles.

Vivé enfla ses joues et regarda en pitié
ces collatéraux d'espèce fantastique. Lui,
du moins, il était l'allié de Lacuzan, par
les Noyal, dont il gardait la porte!

CHAPITRE IV.

Deuxième conciliabule et hauts faits du chevalier de Badabrux.

A la même heure, et pendant que ces graves questions s'agitaient dans la boutique de Guillemitte Barbedor, un autre concile se tenait rue des Dames, chez la vicomtesse de Turlutaine, et ce vampire de Barbebleue, n'y était pas beaucoup mieux traité.

Dieu sait ce qu'on disait là de mademoi-selle Blanche de Noyal, du jeune M. Albert de Coëtlogon, du vieux marquis, etc., etc.

La vicomtesse de Galirouët, la vicom-tesse de Landivisy, la vicomtesse Le Brec du Lartz de Cramayeul-en-Gévézon-les-Fossés-sur-Papayoux, la vicomtesse de Margamel, la vicomtesse de Honnihic étaient au grand complet, en compagnie de M. de Poilbriant, de M. de la Guerche et de l'affligeant Badabrux.

Celui-ci avait commencé plusieurs fois en faux bourdon sa scène favorite :

... On dit, et sans horreur je puis le redire,
Qu'aujourd'hui, par votre ordre, Iphigénie expire...

Bien que ce début fût de circonstance, les vicomtesses avaient fait la sourde oreille.

On voulait parler de Lacuzan, rien que de Lcuzan, Achille, Agamemnon, la triste Iphigénie, Calchas, enfin tout ce qui n'était pas le Tombeau de velours, avait tort.

Le matin même, M. de Penvern, le gentilhomme bas-breton avait dit en mangeant un gigot à l'ail :

— Qu'on me prouve que Lacuzan a touché un cheveu de sa femme et je lui casse la tête... jusque-là, je le tiens pour un galant homme... Coëtlogon a bien fait d'appeler Talhouët en duel... si quelqu'un dit le contraire, nous aurons affaire ensemble.

Ce Penvern avait l'habitude de trancher comme cela les questions.

Et quelle nouvelle horreur raconte-t-on ? demanda Mme la vicomtesse Le Brec du Lartz de Cramayeul-en-Gévézon-les-Fossés-sur-Papayoux.

— Ma bonne petite, répondit la vicomtesse de Margamel, — il a fait acheter hier deux chapons au bourg de Liffré.

— Et le maréchal de la Mi-Forêt, ajouta madame la vicomtesse de Turlutaine, a remis un fer à son cheval bai-brun.

Mesdames les vicomtesses de Galirouët, de Landivisy et du Honnihic apportèrent leur contingent de faits également remarquables.

Vous voyez que la maison Mormichel-Barbedor était bien autrement informée.

— Vous ne savez pas! vous ne savez pas! s'écria cependant madame la vicomtesse de Laricuff en entrant avec fracas, — vous ne savez pas!

Cette dame de Laricuff se vit aussitôt entourée.

—Laissez-moi reprendre haleine, mes chères bonnes, poursuivit-elle; —je vous dirai tout... absolument tout... ah ! le monstre !

— Qu'a-t-il fait?

Ce fut le cri général.

Poilbriant, la Guerche et l'intolérable Badabrux lui-même se rapprochèrent.

—Ce qu'il a fait! répliqua Mme la vicomtesse de Laricuff; — ah ! vous ne devineriez jamais, ainsi autant vaut que je vous l'apprenne tout de suite... le bandit a fait enlever toutes les glaces de son château...

On crut avoir mal entendu.

— Les glaces ?... répéta Mme de Margamel.

— Les glaces, les miroirs, tout!...

Les vicomtesses se regardèrent avec étonnement.

Le fait avait une couleur si bizarre que leur indignation ne trouvait point à s'y exalter.

— Il y a bien sûrement un grain de folie dans tout cela! pensèrent les plus sages.

—Comment! vous ne comprenez pas? reprit madame de Laricuff avec colère; dans ce tombeau de velours... dans cette châsse tendue de voiles sombres, il n'a pas voulu laisser un pauvre point brillant où pussent s'égayer les regards de sa victime!...

Nous prévenons le lecteur que madame la vicomtesse de Laricuff était un bas-bleu.

Il n'y en avait pas encore, mais madame de Laricuff l'était.

Elle se perdait dans ces odieuses phrases, éternel achoppement des femmes qui portent plume. Elle était à son sexe charmant ce qu'était Badabrux pour la plus vilaine portion du genre humain.

De bons esprits se sont posés cette question.

Lequel est le plus déplorable : un bas bleu *in partibus* ou un célibataire récitant des morceaux de tragédies ?

La solution d'un pareil problème ne peut trouver sa place dans ces pages frivoles. Il y a bien longtemps que nous avons dessein de faire enfin notre réputation à l'aide d'un ouvrage sérieux traitant à fond ces graves sujets.

Madame la vicomtesse de Laricuff continuait :

— Vous ne comprenez pas qu'il a été jaloux, jaloux de ces miroirs qui disaient à la pauvre comtesse : Tu es belle ! tu es be'le ! Vous ne comprenez pas qu'il a voulu lui refuser ce dernier plaisir de la femme : un pauvre miroir !... afin qu'elle restât seule, dans cette solitude noire et terrible... écrasée par ce suaire de velours !... morte avant son dernier soupir !... Pas un rayon... pas un bruit... les ténèbres et le silence qui tuent !

— Chez nous, murmura M. de la Guerche, et surtout au bourg de Janzé, ces choses-là engraissent, car on descend les poulardes à la cave.

Il n'y entendait pas malice, ce gentilhomme. Le bourg de Janzé est historique par ses poulardes.

La savante vicomtesse de Laricuff le foudroya du regard.

— Vous ne comprenez pas? voulut-elle continuer, — vous ne comprenez pas?...

Mais les autres vicomtesses avaient assez de cette forme de discours.

Elles s'écrièrent toutes à la fois, afin de fermer ce robinet d'éloquence :

— Ah! c'est affreux, ma bonne! c'est affreux!

Et Badabrux ajouta :

L'homme est en ses écarts un étrange problème!

Cependant le fait rapporté par madame la vicomtesse de Laricuff, malgré son invraisemblance, était de la plus rigoureuse exactitude.

Le comte Henri de Lacuzan avait fait

enlever toutes les glaces et tous les miroirs du château du Grail.

Pourquoi?

Voilà la question.

Évidemment, ce n'est pas en se conduisant comme tout le monde qu'un lieutenant-colonel de dragons mérite le beau nom de Barbebleue.

—Ah ça, dit Poilbriant, elle n'est donc pas morte, comme on l'affirmait, cette pauvre comtesse?

— Ai-je dit cela! s'écria madame de Laricuff.

— Dam!... murmura Poilbriant,—puisqu'on lui fait encore de la misère.

— Oh! que vous êtes bien tous les mêmes! chanta Pasiphaé (car madame la vicomtesse de Laricuff était assez heureuse pour s'appeler Pasiphaé) — les hommes tournent tout en vulgaire moquerie.... à ce point que l'on se demande si votre cœur n'est pas absolument privé de cet élément sensitif et impressionnable qui distingue à un si haut degré notre âme, à nous autres femmes... J'écrivais hier à la vicomtesse de Keridondaine, et je lui disais...

— Mais c'est une chose inouïe! interrompit à propos madame du Honnihic.

—C'est à dire, appuya madame de Margamel, — que c'est une chose effroyable!

— La malheureuse a une agonie bien longue! soupira madame de Landivisy.

— Eh bien! mesdames, s'écria la Guerche, — quand la pauvre Marielle aura été rejoindre définitivement les trois autres femmes de Barbebleue... je parie qu'il se trouvera bien encore quelque âme sensitive et impressionnable pour épouser le veuf!

Les vicomtesses dédaignèrent de répondre.

Elles attendirent que ces messieurs eussent pris congé.

Quand ces messieurs eurent pris congé, le salon se transforma en amphithéâtre de dissection. Lacuzan fut étendu sur le tapis. On le coupa par la pensée en bons petits morceaux, et ma foi, une heure après, on s'en léchait encore les lèvres!

Mais il nous faut laisser les vicomtesses antropophages poursuivre le chevalier de Badabrux.

En quittant le salon, Badabrux avait

saisi Poilbriant au collet pour lui réciter le monologue d'Orosmane.

Poilbriant essaya de résister à cette redoutable poésie; ce fut en vain, le monologue tout entier y passa.

Mais au lieu de recommencer ensuite la mort de César ou les imprécations de Clytemnestre, Badabrux eut la miséricorde de rentrer dans le cher chapitre des cancans.

Il avait à raconter tout ce qui s'était dit chez Guillemitte, les vicomtesses ne l'ayant point laissé parler. Cela fut long.

La brune était tombée. Il faisait grande nuit quand Poilbriant s'arrêta à la porte de son hôtel, dans la rue aux Foulons.

Badabrux, qui n'était pas riche, demeurait plus haut, dans le faubourg d'Antrain.

Il y avait un homme qui suivait Poilbriant et Badabrux depuis la place Saint-
Sauveur. Ni l'un, ni l'autre ne l'avait re-
marqué.

Cet homme était entièrement vêtu de
noir. Il marchait la tête nue et portait fré-
quemment la main à son front, comme
un poète ou comme un fou.

Tantôt il s'éloignait, de guerre lasse ;
tantôt, quand certains noms revenaient
dans les commérages de Badabrux, il s'é-
lançait pour écouter mieux.

Ces noms étaient ceux de Lacuzan, de
Marielle,—et surtout le nom de la Chaumel.

Ce n'était pas un voleur, assurément ;
ce n'était pas non plus un maniaque. —
Quand il passait sous les rares réver-

bères échelonnés dans les rues déjà désertes, la lumière éclairait une longue chevelure noire, un front pur, un jeune et beau visage.

Le visage de notre voyageur de la montée de Vitré.

M. Adrien Chaumel, docteur en médecine.

Notre pauvre ami Pichenet.

Depuis une demi-douzaine d'heures que Pichenet était entré dans la bonne ville de Rennes, la tête lui tournait positivement. De droite et de gauche, il avait recueilli tant de bruits contradictoires, tant de commérages absurdes, tant d'impossibilités, tant de fables, qu'il ne savait que penser.

Tout cela bourdonnait dans son cer-

veau malade. Tout cela se pressait, se
choquait, se mêlait de manière à former
le chaos.

Lorsque Badabrux eut enfin lâché
M. de Poilbriant à la porte de son hôtel,
Pichenet continua de le suivre dans le
faubourg d'Antrain.

Il l'aborda au coin de la rue Saint-Melaine.

On peut réciter des fragments de tragédies et être très brave. Badabrux se
bornait à l'une de ces deux habitudes-là.

En voyant venir à lui un homme dans
ce quartier désert, il eut peur et pressa
le pas. Pichenet l'appela par son nom.

— Monsieur, répondit poliment Badabrux, je n'ai pas l'avantage de vous con-
naître.

— J'aurais quelques questions à vous adresser, dit le jeune homme.

— La bourse ou la vie! pensa le triste Badabrux. — Voilà de ces questions que je ne peux pas souffrir.

De fait, il y avait quelque raison de croire à une méchante aventure. A la lueur prochaine d'un lumignon placé au guichet des Visitandines, Badabrux pouvait distinguer maintenant son interlocuteur, qui était fort en désordre et qui avait de l'égarement dans les yeux. Son frac noir était tout débraillé; il n'avait point de chapeau, et Badabrux s'était bien aperçu que sa voix tremblait.

— Il n'est peut-être pas encore bien endurci, ce jeune brigand! se dit-il.

Puis il ajouta tout haut :

— Mon ami, ce n'est guère l'heure d'adresser des questions. . Puisque vous savez mon nom, d'ailleurs, vous ne pouvez point ignorer que je suis un bien pauvre gentilhomme.... Ma bourse est plate comme une galette de blé noir... Ainsi, mon ami, cherchez fortune ailleurs, et laissez-moi passer mon chemin, je vous prie.

Pichenet n'avait pas le loisir de se formaliser. On le prenait pour un coupeur de bourse; on ne le lui cachait pas. Cela l'émut médiocrement.

— M. de Badabrux, dit-il, je n'en veux point à votre bourse. Je vous ai entendu tout à l'heure parler de choses qui m'intéressent au plus haut degré...

Badabrux fit un pas en arrière...

L'idée d'une affaire d'honneur lui traversa l'esprit.

— Ah! ma langue! réfléchit-il, — ma scélérate de langue!... Au fait, ce garçon-là est habillé en gentilhomme!... Il a une épée au côté...

— Mon digne monsieur, s'interrompit-il ; les propos s'enflent en passant de bouche en bouche... Croyez que je n'ai pas eu l'intention de vous offenser... Dans tous les cas, je vous supplie de vouloir bien accepter mes excuses.

Il fit un pas pour aller outre.

Pichenet l'arrêta par le bras.

Prétendriez-vous user de violence ! commença Badabrux ; — il y a des gardes de nuit sur la place Sainte-Anne, monsieur...

— Eh! monsieur, s'écria Pichenet, je n'en veux pas plus à votre vie qu'à votre bourse! je suis natif de Rennes et vous me connaissez bien, puisque ma pauvre mère a entretenu vos pourpoints autrefois — pour l'amour de Dieu!

— Oh! oh! fit Badabrux en se redressant, je ne te reconnaissais pas, mon fils.

Il mit le binocle à l'œil et toisa Pichenet avec une parfaite impertinence.

— Le petit de la Chaumel, pardieu! reprit-il, — et tu cherches une condition, n'est-ce pas?... Mais où diable as-tu volé ce frac de velours noir, Coquignet?... Trognolet?... Jacquinet?...

— Pichenet, rectifia le jeune homme sans s'émouvoir davantage.

— Pichenet, c'est cela.... où as-tu volé ?...

— Je ne cherche pas de condition, M. de Badabrux, interrompit le jeune homme le plus tranquillement du monde ; — j'en ai une assez bonne, qui me permet de porter comme cela des fracs de velours sans les voler.

— Vraiment ?... ah ! oui-dà, oui-dà !... Et quelle condition avons-nous ? mons Pichenet ?

— Premier aide du médecin ordinaire de S. M. le roi Louis XV.

Badabrux ôta, ma foi, son vieux chapeau.

—Oh ! mais !... dit-il, oh ! oh ! oh !... Eh bien !... de quoi !... palsambleu !... Du médecin ordinaire de Sa Majesté !... Voilà une histoire !... Mon cher monsieur Chaumel, j'avais toujours prédit que vous iriez loin... et je vous prie de me croire le plus dévoué de vos serviteurs.

A l'enseigne du Coq-Hardi, sur la place Sainte-Anne, vis-à-vis de la petite église Saint-Aubin, on donnait à boire et à manger, outre bon logis à pied et à cheval.

C'était une salle basse au plafond noirâtre, formé de soliveaux, entre lesquels vivait en paix tout un peuple d'araignées, gorgé de mouches, de cousins, de cloportes, de toutes les bêtes enfin qui aiment la chaleur humide.

On y respirait un bon air bien épais, tout imprégné des émanations de la pipe et du cidre aigre.

Badabrux n'était pas fier, depuis que

la table du marquis de Noyal lui manquait.

Il s'invita à souper au Coq-Hardi avec ce
digne M. Chaumel, premier aide-médecin
de Sa Majesté.

Une éclanche de mouton fut servie avec
une bidouillée de lard aux fayots.

— Jarnigodichon! mon jeune camarade,
disait Badabrux en attaquant une pinte
de vin de Nantes, — je n'aurais jamais
cru vous revoir si grand et si galamment
découplé!... Savez-vous que vous êtes le
plus beau garçon de Rennes à l'heure qu'il
est!

— Je vous ai dit ce que je désirais savoir, M. de Badabrux, interrompit le jeune
médecin.

— Très bien, M. Chaumel, très bien!...

Et vous auriez cherché longtemps, je m'en
vante, avant de rencontrer un homme
renseigné comme moi... Le vieux Lapierre
vous a donc appris que Malbrouk s'était
échappé de l'hôpital Saint-Médard... l'incendie de la cabane qui était là bas derrière l'hôtel de Noyal... la disparition de
la Chaumel... je veux dire de madame
Chaumel, votre respectable mère... je
vous apprendrai, moi, que Lacuzan a
étranglé sa femme avec un lacet de soie...

—Que dites-vous!... s'écria Pichenet qui
bondit, tout pâle, sur son banc.

—J'ai vu une personne qui avait vu le
lacet, dit froidement Badabrux; je vous
apprendrai que la femme de chambre de
la malheureuse comtesse a été coupée en
morceaux et enterrée dans une valise de
cuir... Je vous apprendrai que Mlle Blau-

che de Noyal a probablement trempé dans tout cela, à cause de la passion criminelle que lui inspirait son beau-frère...

—Mais, monsieur !... vous ne songez pas à ce que vous dites ?

— N'est-ce pas que c'est drôle ! dit Badabrux triomphant ; — quant à l'authenticité de ces divers renseignements, elle est complète... Marielle, — j'ai le droit d'appeler ainsi la victime, en ma qualité d'ami de la maison, — Marielle a disparu, il y a aujourd'hui dix-sept jours... Depuis ce temps-là, toutes les personnes qui ont tenté d'approcher le Tombeau de velours ont été enlevées et problablement assassinées...

— Vous croiriez que ma mère ?... interrompit encore Pichenet.

— Voici exactement ce qui s'est passé
pour votre mère, répondit Badabrux, qui
passait à la bédouillée de lard, après avoir,
au préalable, dévoré l'éclanche de mouton,—votre mère parvint à s'échapper de
la maison incendiée, cela est positif...
J'ai visité les lieux, pour pouvoir en parler
savamment... Elle prit les derrières de la
rue Hue et gagna la forêt, où elle se cacha, toujours poursuivie par ce réprouvé
de Malbrouk, qui avait juré de lui écraser
la tête entre deux pierres. Ils ont joué
ainsi à cache-cache dans la forêt pendant
plusieurs jours. Ceux qui ont vu Malbrouk
sans pouvoir jamais l'arrêter, prétendent
qu'il répète dans sa folie furieuse : *Je l'ai
touchée! je l'ai touchée!* Est-ce de votre
mère qu'il parle? Je n'en crois rien. En
tous cas, celle-ci est tombée de Charybde

en Scylla dimanche au soir ou lundi matin; car pour échapper à la persécution de
Malbrouk, elle est entrée au château de
Barbebleue en même temps que mademoiselle Blanche.

Pichenet se leva et paya l'écot.

Dépouillé de ce qu'il pouvait avoir
d'extravagant, le récit de Badabrux, était
infiniment plus clair que cet inextrica-
ble faisceau de cancans, rassemblé par
le jeune médecin, depuis son arrivée à
Rennes.

L'entrée de la Chaumel au château du
Grail, en compagnie de Blanche, était, au
demeurant, une chose vraisemblable.

— Attendez donc! s'écria Badabrux en
le voyant se lever, je ne vous ai pas dit le
quart de ce que je sais... Le lieutenant

de roi va mettre le siége devant le château de Barbebleue... On nettoie les canons de la ville à l'arsenal... Et Coëtlogon... je ne parle plus du lieutenant de
roi, mais de son neveu, le petit Albert,
a juré qu'il incendierait le château si
mademoiselle Blanche...

Pichenet était déjà à la porte.

— Attendez donc! répétait Badabrux;
— j'aimerais à vous consulter pour une
misérable sciatique que j'ai gagnée à l'armée...

Jamais il n'avait mis le pied à l'armée,
l'honnête homme!

— Attendez donc... Au diable! le voilà
parti, ce fils de louve!... Il est capable
d'aller se faire casser la tête dans les
fossés du Tombeau de velours... Hola, Cocotte!

Cocotte était une fille immensément malpropre, qui était la maritorne de l'auberge du Coq-Hardi.

Elle vint à l'appel de Badabrux.

— Combien t'a-t-il donné pour l'écot, ma belle blonde? demanda Badabrux.

Cocotte, qui était rousse, répondit :

— Un écu de six livres.

— C'est cela, ma belle blonde!... Deux pintes de vin de Nantes de huit sols... une éclanche de mouton, quinze sols, ce qui donne trente-trois... douze sols de bédouillée au lard, cela nous fait quarante-cinq sols... Rends-moi donc trois livres quinze sols, et je te donnerai six blancs pour ta peine.

Pichenet venait de monter à cheval et courait au galop dans la direction de ce terrible manoir qu'on appelait le Tombeau de velours.

CHAPITRE V.

Aventures de nuit. — Gens qui sautent bien. — Croisade contre Barbebleue.

Pichenet passa au galop sous la poudrière de la ville, grosse tour ronde, flanquant l'entrée du faubourg Saint-Hélier, et prit cette dernière voie qui devait le conduire directement au château de Barbebleue.

Pourquoi se répétait-il à lui-même au fond de son cœur :

— Je n'aime que ma mère?...

Pourquoi l'image de Marielle mourante, de Marielle morte et de Marielle heureuse, passait-elle alternativement devant ses yeux dans la nuit?

... Marielle qu'il avait revue si souvent en songe depuis son arrivée à Paris! ...

Marielle, qui était venue tant de fois mettre son sourire radieux entre lui et la science!

Marielle! Marielle! son rêve d'enfant! La blonde merveille qu'il contemplait jadis en extase, de loin, — d'en bas, — comme on contemple les étoiles au ciel!

De toutes les exagérations, de toutes les extravagances qui se croisaient dans

la ville de Rennes affolée, il résultait du
moins ceci de certain : savoir, que le
comte Henri de Lacuzan était jaloux horriblement, jaloux jusqu'à la frénésie, qu'il
rendait sa femme esclave, et que, récem-
ment, il l'avait tout à fait séquestrée.

Marielle était malheureuse.

Mais de quel droit Pichenet l'aurait-il
secourue ?

Chacun disait que Marielle aimait Lacuzan tel qu'il était.

De secours, elle n'en voulait point sans
doute.

Entre ce mari et cette femme, il n'y
avait rien à faire.

Pourtant, Pichenet enfonçait ses deux
éperons dans le ventre de son cheval.

Mais il se disait :

— Je vais là pour ma mère... rien que pour ma mère !

Personne ne lui contestait cela. Quel besoin de le répéter si souvent ?

La nuit était noire. Le ciel se couvrait de gros nuages.

Le pas du cheval sonnait sur le chemin désert.

Ce n'étaient point alors de belles grandes routes comme celles que nous voyons aujourd'hui. Les chemins de la Bretagne étaient remplis de fondrières, et madame de Sévigné aurait pu écrire encore des lettres charmantes sur les mille obstacles qui barraient la voie.

Un champ, un pré, une masure forçaient la route à faire de grands détours. Elle se repliait sur elle-même et se croisait avec mille sentiers qui lui ressemblaient.

Par une nuit sombre, il était bien difficile de se reconnaître dans ce dédale.

Pichenet, qui n'avait point revu le pays depuis son enfance, était obligé de s'arrêter bien souvent pour s'orienter dans les ténèbres.

Dans une de ces haltes, il entendit sur la route, au milieu de l'obscurité silencieuse, les pas d'un autre cheval. C'était loin encore, très loin. Pichenet regarda derrière lui et ne vit rien.

Il attendit.

Cet autre voyageur de nuit arrivait, lui aussi, au galop. Il passa tout près de Pichenet sans le voir.

Celui-ci ouvrit la bouche pour demander son chemin. Il se ravisa.

Il avait pu remarquer que le cavalier
portait un bandeau sur la joue.

Et M. Albert de Coëtlogon avait été
justement blessé à la joue dans son duel
récent contre le chevalier de Talhouët.

Il n'en fallait pas davantage à Pichenet pour être convaincu que ce voyageur
était Albert de Coëtlogon et qu'il se rendait de son côté au château de Barbebleue.

Il poussa son cheval qui reprit le galop.

Jusque-là, c'était au mieux, mais il se
trouva que le voyageur n'était pas, à beaucoup près, aussi endurant que le célibataire Badabrux.

Au bout d'une centaine de pas, il s'aperçut qu'il était suivi et mit son cheval au trot. Pichenet en fit autant.

Alors, le voyageur arrêta brusquement sa monture.

— Holà ! cria-t-il en voyant que Pichenet s'arrêtait également ; — si vous êtes un émissaire de monsieur mon oncle, le lieutenant de roi, — retournez vers lui, et dites-lui que vous m'avez rencontré ici, un pistolet dans chaque main, et tout prêt à vous casser la tête si vous voulez m'empêcher de faire à ma fantaisie !

Il paraîtrait que le lieutenant de roi avait tâché de mettre M. Albert à la raison.

Et que M. Albert prétendait marcher sans lisières.

— Je ne suis pas un émissaire de votre oncle, M. de Coëtlogon, répondit Pichenet.

— Alors, reprit Albert, que Dieu vous garde, l'ami... Faites-moi seulement le plaisir de passer devant; je n'aime point à sentir quelqu'un sur mes talons.

Pichenet fit quelques pas vers Coëtlogon.

— Ne voulez-vous point me permettre de marcher en votre compagnie? demanda-t-il.

— Non.

— C'est que... j'ai perdu mon chemin.

— Quel chemin?

— Le vôtre.

Coëtlogon arma un de ses pistolets.

— L'ami, dit-il, je vous préviens que je ne suis pas en humeur de plaisanter !

— Ni moi, sur ma parole ! s'écria le jeune médecin ; — mais si vous ne voulez pas que je vous accompagne, le chemin du roi est libre... je vous suivrai de loin.

— Et si je t'envoie la balle de mon pistolet?

— J'ai des pistolets, moi aussi, dans mes fontes, M. Albert de Coëtlogon, mais je prends l'engagement de ne pas vous donner, en ce cas, la réplique.

Albert laissa échapper une exclamation d'impatience.

— Au diable le fâcheux! grommela-t-il.

— Eh bien, reprit-il tout haut, — finissons, mon camarade, car le temps

passe, et qui sait ce que vaut une minute
cette nuit?.. Vous voulez aller au château
du Grail ?

— Oui, je le veux.

— On n'y entre pas.

— J'y entrerai.

— Par les fenêtres donc ?

— Par les tuyaux des cheminées, s'il
le faut !

— Et qu'allez-vous faire au château du
Grail ?

Les deux jeunes gens étaient en ce
moment tout près l'un de l'autre.

— M. de Coëtlogon, dit Pichenet, prenez ma réponse pour ce qu'elle est : loyale
et venant d'un homme qui ne vous veut
que du bien.

— Voyons la réponse.

— Je ne vais pas au château du Graïl pour mademoiselle Blanche de Noyal.

La nuit était trop noire pour que l'on pût voir la grimace que fit M. Albert.

— Oui dà! murmura-t-il; — Ah diable! Et pour qui donc?

— C'est mon secret.

Coëtlogon garda un instant le silence, puis il toucha son cheval.

— Au fait, pensa-t-il tout haut, nous verrons bien.

Pichenet et lui se mirent en marche de compagnie.

Nous ne savons comment cela se fit, mais quand Albert de Coëtlogon et le jeune médecin arrivèrent devant les fossés du château de Barbebleue, ils étaient ensemble comme deux doigts de la main.

On était jeune, brave, aventureux des deux parts.

— Eh bien! mon compagnon, dit Albert, si je vous eusse donné de mon pistolet par la tête, c'eût été grand dommage!

— Bah! fit Pichenet; — on n'y voyait pas; vous m'auriez manqué!

— Je n'en crois rien... mais je vous aime comme cela : vous êtes un franc compère!

— Voyons, interrompit le jeune médecin, — nous voici au but de notre campagne... voulez-vous que je me charge de vos commissions pour mademoiselle de Noyal?

— Si vous pénétrez au château, répondit Albert, je puis bien y entrer avec vous.

— Je n'en crois rien, dit Pichenet à son tour.

Ils avaient attaché leurs chevaux dans la forêt. Ils s'étaient avancés doucement jusqu'à la lisière.

Les derniers arbres descendaient dans la douve profonde et remplie d'eau.

Depuis une demi-heure environ, la nuit s'éclaircissait. La lune se levait dans un lit de vapeurs transparentes. — On pouvait distinguer les hauts profils du château qui tranchaient sur le ciel, moins sombre du côté de l'orient.

C'était un magnifique édifice, — et quand on parlait de faire sortir les canons de l'arsenal pour le réduire, il n'y avait point d'exagération.

Au dix-septième siècle, vers la fin de la régence de Marie de Médicis, on avait rebâti le Grail parmi les restes robustes encore d'un castel du moyen-âge. A l'époque où se passe notre histoire, une partie de l'enceinte restait encore debout, entourant de trois côtés le corps de logis moderne.

Trois hautes tours à toitures aiguës, flanquaient la muraille antique, et deux d'entre elles communiquaient par des ponts suspendus avec le dernier étage du château.

Le tout était entouré de la douve, dont nous avons parlé déjà et qui eût fait honneur à une forteresse. Du côté qui n'avait point de murailles s'élevait une terrasse chargée de fleurs.

C'était un rempart très gracieux, mais c'était un rempart.

Coëtlogon et Pichenet restèrent un instant à regarder cette masse imposante que la nuit faisait plus mystérieuse et plus fière.

Il paraît qu'ils avaient parlé de Lacuzan durant le chemin, car Coëtlogon murmura :

— Oui, oui, oh! vous dites vrai, c'était jadis un noble cœur : je n'eus point de meilleur ami depuis que je porte moustache. Mais... mais on dit tant de choses!

—Vous ne les croyez pas ces choses là, puisque vous êtes ici?

— Je ne crois pas ce qui a rapport à

Blanche. Dieu m'en garde! Blanche est aussi pure que les anges du ciel. Mais Lacuzan était jaloux : il n'y a pas à dire non.

— N'êtes-vous pas un peu jaloux, vous, monsieur de Coëtlogon ?

— Moi ?... fit Albert avec embarras.

— Vous m'avez bien demandé dix fois pour le moins s'il était vrai que je n'allasse point au château en vue de mademoiselle Blanche !

— C'est vrai... Mais ce qu'on dit...

— Ecoutez... il y a juste douze heures que je suis entré dans les murs de Rennes, et si vous voulez me promettre de ne point jouer avec vos pistolets, je vous apprendrai qu'on m'a répété au moins douze fois durant ces douze heures que M. Albert de Coëtlogon était un cerveau brûlé, un fou...

— Ah bah! fit M. Albert.

— Un niais..., ajouta Pichenet.

— Ceci est plus grave, grommela Coëtlogon, qui essayait encore de rire.

— Quelque chose de plus grave encore, reprit le jeune médecin, — car l'homme qui s'est battu pour Lacuzan ne peut pas être plus épargné que Lacuzan lui-même.

— Eh bien! s'écria Coëtlogon, — cet homme-là saura le mot de l'énigme!... et si le mot ne lui plaît pas, M. de Lacuzan paiera pour tous!

En achevant ces mots, Albert tressaillit violemment.

Un éclat de rire strident et railleur venait de partir à ses pieds.

— Est-ce vous qui riez, monsieur? demanda-t-il avec colère en saisissant le bras de Pichenet.

Pichenet n'eut pas besoin de répondre.

Une forme sombre, de taille presque surhumaine, se dressa dans l'herbe au devant des deux jeunes gens.

A la place où le visage aurait dû se montrer, il n'y avait qu'une plaque noire.

Autour de la tête des cheveux énormes se hérissaient.

Cette manière de fantôme leva le bras et montra le château d'un geste emphatique.

— Je l'ai touchée, murmura-t-il; — je l'ai touchée!... touchée!... touchée!

Puis, d'un bond prodigieux, il s'élança

dans l'eau de la douve et disparut parmi les roseaux.

Le bruit que produisit le corps en tombant dans les fossés éveilla un mouvement sur les murailles.

Pichenet et Coëtlogon purent entendre un murmure de voix et des pas sur les dalles.

Ils se cachèrent derrière les arbres.

— Ma foi de Dieu! dit Coëtlogon en cherchant à se remettre, — voilà un gaillard qui saute bien!... quelle enjambée!

— Je saute mieux que lui, répliqua Pichenet.

— Vous?... fit Coëtlogon stupéfait.

Puis il ajouta, en passant sa main sur son front :

— Ah ça! est-ce que tout le monde est
fou, ici?

— Avant de prendre congé de vous,
poursuivit Pichenet, je vous demande pour
la seconde fois si vous avez quelque chose
à faire dire à mademoiselle de Noyal.

— Je pense que vous ne prétendez pas
suivre le même chemin que ce spectre?

— Si fait... Seulement, je sauterai plus
loin pour toucher la terre ferme et ne me
point mouiller les pieds.

— Mais c'est impossible !

— Vous allez voir.

— Et que ferez-vous, une fois au pied
du mur?

— Je monterai sur le rempart... Une
fois sur le rempart, je ferai ce que je vous
ai dit, j'entrerai par les cheminées.

—Vive Dieu ! s'écria Coëtlogon, je donnerais dix louis pour qu'il fît jour, afin de voir votre figure, mon camarade !... Vous parlez de monter sur le rempart comme s'il y avait une échelle.

— Je parle ainsi parce que je n'ai pas besoin d'échelle.

— De quel métier êtes-vous donc ?

— Je suis docteur-médecin, pour vous servir.

Coëtlogon ne put s'empêcher de rire.

—Allons, dit-il, les docteurs sont quelquefois sorciers. . Peut-être que par magie vous allez vous procurer une paire d'ailes... Puisque vous voulez bien vous charger de mes commissions, dites à Blanche que, depuis mardi, je passe mes nuits

à cette place, espérant toujours la voir ou
trouver les moyens de pénétrer près
d'elle... Dites-lui que je l'aime dix fois
plus, cent fois plus que jamais femme ne
fut aimée.

— Et vous '... s'interrompit-il brusquement, en regardant son compagnon d'a-
ventures, — aimez-vous?

Pichenet eut comme un frisson.

On aurait dit que cette question inat-
tendue l'avait piqué au cœur.

—Non, répondit-il pourtant, — je n'aime
pas .. comme vous l'entendez.

— Quoi! vous ne savez pas ce que c'est
qu'aimer d'amour?

— Je ne veux pas le savoir.

— Cela vous regarde... Mais vous êtes

décidément un drôle de corps... Dites-lui que je m'agenouille devant elle, que je suis son esclave, que je l'adore!... Dites-lui que si elle a besoin de moi, ma vie et mon sang sont à elle.

— Est-ce tout? demanda Pichenet froidement.

— Dites-lui que ma pensée...

— Bon! vous allez vous répéter... c'est tout... comptez sur moi... et bonne nuit !

Il toucha la main d'Albert, qui le vit disparaître du côté de la forêt.

Une seconde après, Albert le vit encore qui franchissait à pleine course l'espace qui le séparait de la douve.

Son pied frappa le bord et rebondit comme s'il eût touché un tremplin.

Il ne s'était pas vanté, parbleu ! il sautait mieux que le fantôme.

Au lieu de tomber dans l'eau, comme ce dernier, il gagna d'un seul élan l'autre bord, cela sans faire plus de bruit que s'il eût sauté par dessus une ornière.

Coëtlogon croyait rêver.

Il crut rêver bien mieux quand il vit à travers l'ombre le fantôme sortir de ses roseaux, s'élancer sur Pichenet, — lutter un instant, — puis retomber au plus profond de l'onde bourbeuse en criant :

— Je l'ai touchée! je l'ai touchée!

Coëtlogon se frotta les yeux.

Tous ces événements se passaient avec une rapidité fantastique.

Il y avait, au-delà du fossé, contre le

rempart, un petit peuplier qui mêlait ses feuilles au lierre des murailles.

La lune, à son dernier quartier, sortait à ce moment de son lit de nuées.

Coëtlogon put voir son camarade de route grimper comme un chat sauvage le long du peuplier, se prendre aux branches du lierre qui se déchiraient sous son poids et gravir la muraille plus vite qu'un singe ne l'aurait fait.

Il atteignit les créneaux.

Deux coups de feu partirent.

La lune se voila sous un nuage.

Un silence de mort régna autour du Tombeau de velours.

Coëtlogon restait là comme frappé de la foudre.

Le lendemain, les bonnes gens de Rennes, portiers, vicomtesses et amateurs de lambeaux tragiques, allaient répétant ceci :

Il y avait deux démons au château de Barbebleue.

L'un d'eux qui plongeait dans les douves en criant : je l'ai touchée! je l'ai touchée !

L'autre qui avait le don de voler au-dessus des murailles, comme un oiseau de taille colossale.

Tous deux noirs comme ce qui sort du feu de l'enfer.

Le second de ces démons avait failli étrangler le jeune M. Albert de Coëtlogon, qui allait par là courir le guilledou, malgré les bons avis de son oncle.

Les balles de mousquet rebondissaient sur son cuir. Les épées se faussaient en touchant sur son crâne.

Il entrait dans les maisons par les cheminées.

Il avait des pieds de chèvre, des oreilles d'ours et une queue de trois aunes et un quart.

De tout ceci, sauf les pieds de chèvre, les oreilles d'ours et la queue de trois aunes, il faudrait peut-être conclure que M. Albert de Coëtlogon ne s'était pas montré fort discret.

La chose certaine, c'est que la rumeur grossit à ce point que les gens du roi ne purent pas reculer davantage. On craignit une révolution.

Il avait là un mystère d'iniquité qui

blessait trop évidemment la morale pu-
blique, ou plutôt et pour parler avec plus
de franchise, qui piquait trop violemment
la curiosité générale.

On voulait savoir.

Mais comment savoir ?

Les gens du roi, poussés par l'émeute
du commérage en fièvre, firent vœu de
démolir le château du Grail, pour voir
enfin ce fameux Tombeau de velours où
était la victime vivante, et ce fameux caveau qui renfermait les trois victimes
mortes.

Lacuzan était comte, Lacuzan portait
le cordon des ordres, Lacuzan était colonel des dragons de Conti.

Malgré cette haute position de l'accusé
traduit au tribunal populaire, il fut résolu

que sa demeure serait réduite par la force, et qu'on irait, l'épée et le mousquet en main, tout au fond de cet abîme d'horreurs.

Ne fût-ce, au demeurant, que pour faire un exemple et terrifier à tout jamais les Barbebleue futurs!

Entrons cependant, avant les gens du roi, dans la tanière du monstre, et levons le voile de deuil qui cachait ce Tombeau de velours.

CHAPITRE VI.

L'antre de Barbchlone.

C'était une chambre entièrement tendue de velours bleu sombre. Les fenêtres, fermées par de doubles rideaux de mousseline des Indes, sur lesquels retombaient de longues draperies de velours, laissaient à peine sourdre quelques rayons adoucis.

Les meubles et les ornements de cette
chambre avaient une grâce exquise; on
sentait dans les moindres détails la re-
cherche délicate, l'attention amoureuse.

C'était comme un petit temple charmant qui parlait de cette belle tendresse
légitime, que Dieu encourage et bénit, —
de cet amour, le plus cher de tous, qui
se sanctifie dans la famille et dans la re-
ligion, — de cet amour que raillaient
trop volontiers les marquis philosophes
et poudrés du siècle où se passe notre
histoire, mais qui est, en somme, l'amour
des honnêtes gens, le salut des races, la
sauve-garde des mœurs, l'honneur et le
bonheur de la famille.

Ces chers marquis, encyclopédistes
quand ils avaient assez d'esprit pour cela,
sinon courtisans hébétés du premier fa-

quin qui trempait sa plume mal taillée
dans l'encrier révolutionnaire ; — ces
petits nigauds satinés, pomponnés, sémil-
lants, qui accommodaient le blasphème à
l'eau de tubéreuse, qui fredonnaient de
leur petite voix maigrelette et cassée les
sales impiétés des bigots du néant; — ces
magots de France que la Chine eût payé
un prix fou et qui finirent par avoir la
tête coupée comme des hommes, ne re-
présentent pas plus la noblesse française
que M. Mayeux ne représente l'espèce
humaine.

C'étaient des excroissances, des cham-
pignons, de purs et simples crypto-
games.

Les fils de M. de Voltaire, leur idole,
unis aux neveux du tendre Rousseau, les

guillotinèrent un beau jour, quand il eût
suffi de leur donner le fouet.

On dit pourtant qu'à l'heure de la mort,
tous, ou presque tous, se redressèrent,
trouvant une goutte de bon sang dans
leurs veines. C'est apparemment que nos
gentilhommes ont beau s'encanailler avec
toute sorte de marauds, ils ne peuvent
pas désapprendre à mourir !

La chambre où nous entrons était évidemment le lieu réservé, le sanctuaire
de ces joies graves et douces qui ne se
trouvent point hors du mariage. C'était là
que Marielle de Noyal, cette pauvre victime, selon le dire des gens de Rennes,
et le comte Henri de Lacuzan, ce tyran
implacable, avaient été bien heureux pendant quatre années.

Ils s'aimaient uniquement et sincère-

ment suivant la différence de leur na
ture.

Marielle était dévouée à son mari. Elle
l'admirait parfois; elle le respectait un
peu.

Nous n'oserions donner le nom de passion à cette tranquille tendresse.

Le comte Henri adorait Marielle avec
toute la fougue de la première heure.

Et l'amour du comte Henri était aussi
profond qu'il était ardent.

Il était jaloux cet amour, seulement
parce qu'il était excessif.

Le comte se disait en effet parfois, en
contemplant cette beauté sans pareille
qui rayonnait sur le jeune visage de Marielle : — Ils sont là, tous, autour de mon
trésor!... Mais Lacuzan eût mieux aimé

mourir que de montrer un soupçon à Marielie.

Pourquoi les récits du bonheur sont-ils impossibles? En commençant cette page, nous voulions dire la félicité de deux époux qui s'aiment, et notre plume s'arrête aux premières lignes.

Pourquoi?

Hélas! il faut de vrais poètes pour célébrer dignement le calme heureux, pour montrer l'ambroisie qui coule goutte à goutte, sans jamais s'arrêter, sans se presser jamais.

De même qu'il faudrait un grand artiste pour peindre une simple prairie, bien vaste et bien émaillée de marguerites.

L'art vulgaire ne va pas jusqu'à ces suaves tableaux.

En voyant ce nectar couler goutte à goutte, le lecteur dirait : O fastidieuse liqueur, taris bien vite ou emplis la coupe!

A la prairie verte, les rapins crieraient : Epinards! épinards!

Nous sommes ainsi faits. Tous nos sens repoussent avec énergie la représentation de la prospérité tranquille.

Le pinceau met des feuilles rougies à l'arbre verdoyant et brûle le gazon des prairies.

La science de Beethoven risque des dissonnances hardies, et inquiète l'oreille avant de la charmer.

Nous ne savons pas, imparfaits ou blasés que nous sommes, percevoir la douceur monotone.

Et peut-être que ces régulières suavités sont naturellement au-dessus de nous, puisque Dieu mit les mauvais conseils de l'ennui au Paradis terrestre.

Voici donc tout ce que nous dirons : Après quatre années de bonheur, Lacuzan et Marielle étaient encore heureux.

Marielle avait vingt-deux ans. C'était toujours la plus belle créature du monde.

Lacuzan passait ses heures ravies à la contempler.

Ceci, quinze jours avant le moment où notre histoire se renoue.

Depuis lors...

———

Un soir, Marielle était rentrée toute

tremblante de sa promenade dans la forêt.

Elle était si pâle, il y avait tant d'égarement dans ses yeux que ceux qui la virent monter le perron du château eurent peine à la reconnaître.

Ses beaux cheveux blonds dénoués flottaient sur ses épaules.

Sa robe était déchirée.

Au dire des valets qui lui ouvrirent la porte, son poignet délicat était meurtri, comme si une main d'acier l'eût écrasé brutalement.

Marielle entra en chancelant et tomba évanouie sous le vestibule.

Evidemment quelque chose d'étrange s'était passé, — quelque chose d'étrange et de sinistre.

Mais personne ne sut expliquer le mot lugubre de cette énigme, car personne, depuis ce soir-là, ne revit madame la comtesse de Lacuzan.

Ce fut une vie nouvelle qui commença et qui ne ressemblait point à la vie heureuse et libre d'autrefois.

Le château fut tranché en deux parts.

Dans la première, que M. de Lacuzan fit tendre en velours, comme déjà nous l'avons dit plusieurs fois, Marielle, sa femme de chambre, Blanche de Noyal et les vingt dragons-Lacuzan vivaient séparés du reste de la maison.

Lacuzan et les dragons sortaient.

Mais les dragons ne connaissaient nullement le mystère des chambres intérieures.

Ils faisaient la garde et avaient charge d'accumuler les provisions de toutes sortes, comme si on eût été dans une citadelle assiégée.

Quant à la comtesse, sa femme de chambre, Blanche et une pauvre vieille qui était venue avec mademoiselle de Noyal, c'est comme si elle n'eussent plus été de ce monde.

Une circonstance que les nouvellistes de Rennes omettaient, et qui aurait pu fournir pourtant de bien excellents bavardages, c'est que le comte Henri avait fait griller toutes les fenêtres de la partie du château habitée par sa femme.

A tout prendre, Barbebleue n'était qu'un enfant, auprès de ce Lacuzan !

Il y avait deux portraits en pied dans la chambre tendue de velours bleu-sombre.

Le premier était le pastel, peint par Blanche à l'hôtel de Noyal.

Le second était une copie, ramenée à grandeur naturelle, de ce fameux émail, que nous avons essayé de décrire au début de cette histoire.

A part ces deux portraits, placés en face l'un de l'autre, quelques tableaux gracieux ornaient les murs et se perdaient un peu sous l'or guilloché de leurs cadres, dans le demi-jour éternel qui emplissait la salle.

Sur la cheminée, à la place du miroir de Venise que les yeux cherchaient tout d'abord, les yeux trouvaient des bergers

de Watteau courant après des bergères
roses.

Les vicomtesses nous ont dit déjà cette
excentricité : l'absence de toute glace et
de tout miroir.

Ce n'était pas seulement dans la chambre tendue de velours bleu qu'on eût pu
remarquer cette absence. Il n'y en avait
nulle part.

Et c'était la demeure de Marielle.

Marielle, privée de miroir ! — Marielle
réduite à ne plus saluer, triomphante, le
sourire de sa propre beauté ! Qui donc,
sinon un jaloux furieux, eût pu imaginer,
ce raffinement de barbarie ?

N'avait-on pas bien nommé ce lieu-là
le Tombeau de velours ?

Au moment où nous entrons, un grand

feu brûlait dans la cheminée de grani-
telle bleue et jetait parmi le demi-jour
assombri de vacillantes et soudaines
lueurs.

La pendule de marbre, supportant un
groupe de Nicolas Coustou, marquait une
heure après-midi.

Au dehors, le pâle soleil d'octobre ef-
fleurait de ses rayons les arbres dépouil-
lés, mais à l'intérieur, c'était comme si
le crépuscule eût déjà enveloppé la terre.

Sur un sopha, la comtesse Marielle de
Lacuzan était demi couchée, et sa tête
reposait sur la poitrine de son mari.

Elle dormait.

Lacuzan retenait son souffle pour ne
point l'éveiller.

Le comte Henri avait toujours ce fier

visage dont le pinceau de Blanche avait rendu si heureusement la beauté. Ces cinq années avaient mis seulement à son front un peu plus de pâleur et aussi de tristesse.

Quant à Marielle, son portrait tout seul pouvait dire l'exquise perfection de ses traits.

Marielle avait un masque de satin rose qui couvrait sa figure tout entière.

Mais sous ce masque?

Eh bien! rappelez-vous Marielle. Rappelez-vous ce murmure d'adoration qui s'élevait partout sur son passage.

Rappelez-vous cette bouche qui était un sourire, — et ces yeux noirs sous le luxe de ses cheveux blonds.

Rappelez-vous...

Mais ce masque ?

Vous savez bien ce qu'est un portrait. Celui de Marielle n'était pas même l'ombre de Marielle, la jolie, la gracieuse, la merveilleuse.

Non, ce front n'avait pas la pureté du front de Marielle; on ne se mirait pas dans ces yeux comme dans les yeux de Marielle; ces lèvres ne savaient pas sourire comme les lèvres de Marielle, ni montrer en souriant ces perles que montrait le sourire de Marielle...

Lacuzan la regarda dormir, — longtemps.

Puis il releva ses yeux vers le ciel, et dans ses yeux il y avait des larmes.

Qu'y avait-il donc sous le masque de Marielle ?

Il y avait ce que Marielle avait vu sous le masque de Malbrouk, dans la pauvre cabane du tertre Saint-Melaine, quand Marielle avait quitté de nuit le château de son père pour courir les chemins, entraînée par je ne sais quelle fantaisie prophétique, et venir à Rennes avec Lacuzan, à Rennes infesté du Mal d'Enfer.

Il y avait ce que Marielle avait vu sous le masque de Malbrouk, — ce qui lui avait fait pousser un cri d'angoisse et dire, comme si elle eût répondu à quelque fatale menace :

— Oh ! j'en mourrais ! j'en mourrais !

Et c'était toujours ce corps admirable, doucement paresseux sous les plis légers de sa robe, toujours cette gorge au contour divin, toujours cette taille souple et harmonieuse, toujours le luxe splendide de ses cheveux blonds dont les boucles dénouées inondaient la poitrine de Lacuzan.

Lacuzan pleurait.

Le vent d'automne gémissait dans la forêt.

Au loin, se faisaient entendre tous ces bruits agrestes, voix de la campagne en travail, qui ont toujours quelque chose de plaintif dans leur pénétrante poésie.

Lacuzan se disait :

— Si elle savait, elle mourrait...

— Et il faudra bien qu'elle sache, ajoutait-il ; — et il faudra bien qu'elle meure !

Car il prenait à la lettre cette parole prononcée autrefois par Marielle :

— J'EN MOURRAIS!...

Et il avait raison.

Pour Marielle, sa beauté c'était sa vie.

Depuis quinze jours, Lacuzan accomplissait un miracle.

Celui que les gens de Rennes appelaient Barbebleue, celui qu'on accusait de tuer sa femme avait trouvé dans son immense amour la solution d'un problème insoluble.

Il avait fait l'impossible!

Il avait réussi à cacher à Marielle son propre visage, son propre malheur!

Elle se croyait toujours belle.

Mais demain...

Lacuzan savait que le pays entier, sou-

levé par une curiosité implacable, tournait autour du mystère de sa vie, comme
let igre autour de sa proie. Il entendait
en quelque sorte ces bavardages assas-
sins, ces cancans meurtriers, qui allaient
devenir une clameur et faire tomber à la
fin les murailles du manoir.

Un mot prononcé, — moins que cela,
un miroir offert à Marielle par l'impru-
dence ou la perfidie, c'en était fait !

Lacuzan voyait Marielle morte, et son
cœur se brisait.

Il avait élevé autour d'elle un de ces
remparts qu'on trouve ordinairement
dans les contes des fées, et qu'on né
trouve pas ailleurs.

Il avait mis un bandeau sur les yeux
de Marielle ; il lui avait enlevé l'ouïe en
faisant taire la parole autour d'elle.

Elle était captive comme ces fils de rois qu'un bon génie enfermait autrefois pour les mettre à l'abri des maléfices.

Mais les jours passaient, et les miracles ne vivent pas longtemps.

C'était à tout cela que Lacuzan songeait, tandis qu'une larme mouillait sa mâle paupière.

Tout à coup, Lacuzan tressaillit.

Parmi les bruits lointains, il avait saisi le son d'une voix connue qui criait, de l'autre côté de la douve :

— JE L'AI TOUCHÉE ! JE L'AI TOUCHÉE !

L'œil de Lacuzan brilla d'un éclat terrible.

Il fit un mouvement, comme pour s'élancer, et ce mouvement éveilla Marielle !

— Oh !... murmura-t-elle en portant la main à ses yeux ; — ce masque !... toujours ce masque !...

— Tu ne le détestes pas plus que moi, ce masque, ma pauvre Marielle, dit Lacuzan qui trouva la force de sourire, — ce masque qui m'empêche de te voir !

— Mais pourquoi le garder encore ?

— Parce que ta beauté en dépend, Marielle.

Cette réponse valait toutes les explications.

Marielle, résignée, croisa ses petites mains blanches sur l'épaule de Lacuzan.

— Il faut bien souffrir pour être belle !.. murmura-t-elle gaîment.

Lacuzan souriait, mais il avait la mort dans le cœur.

Belle, mon Dieu! Belle!...

La voix lointaine criait, insulte horrible, raillerie poignante :

— Je l'ai touchée!... Je l'ai touchée!...

Marielle n'entendait pas.

—Figure-toi que j'étais à rêver, dit-elle ; je me voyais en robe de bal dans le salon de mon père... Y a-t-il longtemps que je n'ai dansé, mon Dieu ! —Dans mon rêve, je dansais... Et mon cavalier... qui était-ce mon cavalier?

Elle s'arrêta pour réfléchir.

Puis elle reprit avec vivacité !

—Les rêves !... Où va-t-on chercher ces choses-là !... Mon cavalier, c'était ce pauvre homme qui dansait autrefois sur la corde derrière l'hôtel de Noyal...

Lacuzan était plus pâle qu'un mort.

Il faut dire ici au lecteur que Marielle relevait d'une grave maladie qu'elle appelait la fièvre, parce qu'elle n'en savait pas le véritable nom.

Ce mystérieux événement qui l'avait ramenée un soir au château, échevelée et mourante, Marielle ne s'en souvenait plus.

Elle se rappelait seulement les faits passés longtemps avant sa maladie, qui était le Mal d'Enfer.

Mais Lacuzan, lui, n'avait rien oublié.

— Tu sais, reprit-elle — cet homme si fort et si beau... que nous allâmes voir une nuit...

— Je sais... je sais... interrompit Lacuzan.

— Folle que j'étais!... poursuivit Marielle; dans ce temps-là, j'avais peur du Mal d'Enfer... Mais comment s'appelait donc cet homme?

— Malbrouk... prononça le comte Henri en tremblant.

— Oui... c'est cela... c'était Malbrouk... Comme il était changé, quand nous le revîmes!

Elle eut un tressaillement d'horreur.

— Oh! je me souviendrai toute ma vie, murmura-t-elle, du sentiment que j'éprouvai quand on souleva son masque et que je vis son visage.

— Pourquoi songer à cela? voulut dire Lacuzan.

— Est-ce que je suis cause d'avoir retrouvé ce malheureux dans mon rêve? s'écria la jeune femme d'un air enjoué. — Il dansait avec moi..... il me regardait....

— Oh! maintenant que je me souviens, ajouta-t-elle en perdant tout à coup son sourire, — il me regardait avec des yeux qui faisaient peur... Et il me disait... attends donc!... Oui... il me disait : — *Je t'ai touchée! je t'ai touchée!*

Lacuzan avait grand'peine à cacher l'impression poignante que lui causaient ces paroles.

— C'est un reste de fièvre, dit-il.

— La fièvre? Du tout! elle est passée! .. je suis très bien... et si tu voulais me donner un miroir, Henri, ajouta-t-elle d'un ton câlin, — je crois que j'aimerais à faire aujourd'hui ma toilette.

— A quoi bon un miroir, Marielle,

puisque tu ne peux ôter encore ton masque?

— C'est vrai... mais que je dois être laide avec ce masque, puisque tu as enlevé toutes les glaces pour que je ne me voie pas.

— Si tu te voyais toujours avec ce masque, l'impatience te prendrait, ma pauvre Marielle...

— Tu ne réponds pas à ma question. Suis-je bien laide?

Lacuzan lui prit les deux mains et les colla contre ses lèvres.

— Je te trouve plus belle qu'un ange, murmura-t-il.

Marielle soupira.

— Il faut se contenter de cela! dit-elle ; mais, que ma sœur Blanche est heureuse de n'avoir pas eu la fièvre !

— Tu ne sais pas, reprit-elle ? la première fois que j'ai vu notre maison si belle .. et si bien fermée... la première fois que j'ai vu ce velours et cet or... tous ces tableaux que je ne connaissais pas, j'ai eu peur.

— Peur ! répéta Lacuzan.

— Oui... quand on est malade, la tête devient faible... j'ai pensé un instant que tu voulais me faire une prison charmante...

— Mais tu ne te trompais pas, Marielle, dit Lacuzan qui sentait tout le danger de cet entretien.

— Ah ! fit la jeune femme étonnée ; — je ne me trompais pas ?...

— Non... mais ton geôlier, ce n'était pas moi.

— Qui donc ?

— La fièvre.

Marielle frappa son petit pied contre le tapis.

— Toujours la fièvre ! murmura-t-elle.

Et pour la première fois peut-être, car rien n'est facile à tromper comme un malade, pour la première fois elle pensa :

— On me cache quelque chose...

Une porte s'ouvrit doucement. — Un rayon plus vif éclaira la chambre bleue. — Par cette porte ouverte, l'œil s'échappait dans une longue enfilade de pièces toutes tendues de velours et ornées avec une véritable magnificence.

En vérité, plus d'une femme libre eût voulu habiter cette prison.

Au seuil de la porte, une charmante jeune fille se montra.

C'était Blanche de Noyal, mille fois plus jolie qu'autrefois, et pas beaucoup plus fière.

Elle avait bien grandi depuis cinq ans. Ses grâces enfantines s'étaient transformées. Mais il y avait encore de l'espiéglerie dans son sourire et son regard n'avait rien perdu de sa franchise hardie.

Elle traversa la chambre d'un pas léger et donna sa main à Lacuzan. Puis elle pressa celle de Marielle contre son cœur.

— Ah çà! dit-elle, ne dîne-t-on plus ici? Voilà une heure passée... Tant que

Marielle restera sans entendre le coup d'une heure, je ne la croirai pas bien guérie.

Lacuzan prit sa femme par la main. Ils passèrent dans un tout petit salon, mignon et coquet comme une bonbonnière. Une table servie était au milieu ; à la table il y avait trois couverts.

Lacuzan, Marielle et Blanche prirent place.

On dîna comme si de rien n'eût été. Blanche fut gaie et rieuse tout autant qu'à l'ordinaire. — Et pour le dire en passant, Blanche était bien la plus admirable compagne que Lacuzan eût pu choisir pour l'œuvre de bizarre dévoûment qu'il avait entreprise.

Dès que Blanche était là, toute con-

trainte disparaissait. On ne sentait plus
ce vague parfum de solitude claustrale
qui filtrait, malgré tout, d'ordinaire, parmi
ces magnificences empoisonnées.

Sa gaîté jeune et communicative gagnait jusqu'à Marielle.

Vous eussiez pu assister à ce repas sans
vous douter le moins du monde qu'il y
avait là, dans ce merveilleux asile, un
présent bien triste, un avenir tout chargé
de menaces.

On semblait heureux. Lacuzan retrou-
vait son sourire. Marielle parlait des chères fêtes de Rennes et donnait quinze
jours à sa convalescence pour lui permettre de danser son premier menuet.

-- Quinze jours ! disait Blanche, tu es
trop généreuse ! dans huit jours, tout sera
fini !

Les beaux projets ! les jolis châteaux ! et que l'hiver devait être bien plus charmant après cette retraite forcée de l'été.

Lacuzan se leva parce que l'entretien tourné de ce côté, lui torturait l'âme.

Huit jours ! quinze jours ! hélas ! il savait bien, lui, qu'il n'y avait plus ni fêtes, ni danses pour la pauvre Marielle !

Une fois, nous ne l'avons pas oublié, Marielle avait posé une question étrange dans le salon de l'hôtel de Noyal.

Elle avait dit à ce cercle d'adorateurs qui l'entourait sans cesse:

— Si celle que vous aimez perdait sa beauté, à ce point de devenir un objet d'horreur ou de pitié, que feriez-vous ?

Lacuzan avait répondu :

— Je me mettrais à ses genoux , je lui

dirais : je t'aime cent fois plus, mille fois plus en ce moment, qu'au jour où tu étais la plus belle... et si elle ne voulait pas me croire, je la tuerais, car elle ne pourrait plus être heureuse...

Il avait dit cela.

Il l'avait dit en un moment solennel.

Il s'en souvenait.

Et cette bizarre éventualité rêvée par l'imagination malade d'une jeune fille, s'était maintenant réalisée.

Marielle avait perdu sa beauté sans rivale, à ce point que derrière ce masque de satin rose, il y avait de quoi exciter la pitié.

Lacuzan avait de la sueur froide aux tempes, car, malgré lui, sa promesse lui revenait en mémoire,

Et une voix criait au dedans de lui-même :

— Elle ne peut plus être heureuse...

Était-ce un arrêt de mort que sollicitait cette voix ?

Tuer Marielle ! Oh ! Seigneur Dieu ! — Mais la tête se perd bien vîte parmi ces solitaires supplices.

Tuer Marielle ! Hélas ! hélas !

Elle ne pouvait plus être heureuse.

On eût dit, à voir l'éclair d'intelligence qui brillait dans les jolis yeux de Blanche, on eût dit qu'elle lisait au fond de la conscience de Lacuzan comme en un livre.

Il y avait si longtemps qu'elle était son amie !

Elle connaissait si bien son esprit et son cœur !

Une teinte plus pâle vint à la joue de la jeune fille.

Elle se leva à son tour, et comme il n'y avait personne pour servir à table, elle alla prendre trois petites coupes de cristal taillé qui étaient sur un dressoir, tout chargé de mignardes sculptures.

Marielle rêvait. Lacuzan fixait à terre son regard alourdi.

Ni Lacuzan, ni Marielle ne virent Blanche tirer un petit flacon de son sein et tourner le dos un instant.

L'eussent-ils vue, le moyen d'avoir un soupçon !

— Allons mon frère ; allons, petite sœur ! s'écria Blanche ; — une débauche !

Elle tenait d'une main les trois coupes sur un plateau, de l'autre une fiole de liqueur à l'orange.

— C'est moi qui ai fait cette liqueur, reprit-elle, — et vous n'en avez pas encore voulu boire une goutte... Cela m'humilie... Me ferez-vous raison aujourd'hui ?

Elle emplit les coupes.

Marielle en prit une.

Lacuzan vida l'autre d'un trait.

— A la santé de tous ceux que nous aimons ! s'écria Blanche avec un véritable accent de triomphe.

Etait-ce la joie de voir qu'on avait enfin goûté sa liqueur d'orange ?

— Elle est bonne... dit Marielle en replaçant sa coupe sur la table.

Lacuzan passa sa main sur son front et cherche des yeux un siége.

Blanche lui apporta un fauteuil en riant.

Lacuzan jeta tout autour de lui un regard soupçonneux.

Sa paupière retomba, vaincue.

Quelques paroles ébauchées moururent dans sa bouche.

Il dormait.

Marielle s'était endormie avant lui.

Blanche s'élança vers la porte et l'ouvrit.

— Pst! pst! fit-elle doucement.

Maître Pichenet montra aussitôt sa jolie figure, moitié doctorale, moitié espiègle, derrière le velours de la draperie.

CHAPITRE VII.

Par la cheminée.

Il nous faut rétrograder un peu.

La nuit précédente, vers quatre heures, mademoiselle Blanche de Noyal avait été éveillée par un bruit assez singulier qui se faisait non loin de son lit, et dont elle ne pouvait point deviner la nature.

Elle eut peur d'abord, car elle était jeune fille après tout, mais ses frayeurs n'étaient jamais de bien longue durée. Nous savons qu'elle avait un vaillant petit cœur.

Elle sauta hors de son lit, et passa une robe du matin.

Le bruit continuait.

Il semblait venir de la cheminée, ce bruit, et quelques poignées de suie qui tombèrent dans le foyer ne laissèrent pas l'ombre d'un doute à mademoiselle de Noyal.

Elle pensa tout naturellement que c'était un voleur qui choisissait ce chemin peu frayé pour s'introduire au manoir.

Ceci la rassura tout à fait.

—Holà ! dit-elle en se baissant sous le

tablier, — est-ce donc déjà l'heure de
gratter les tuyaux ?

— Mademoiselle Blanche ! répondit
une voix au lointain, — est-ce vous ?

Toutes les voix qui parlent dans les
cheminées ressemblent à des voix de ramoneur.

Blanche, trouvant déjà que la conversation avait assez duré, se baissa de nouveau et dit :

Le feu est tout dressé, mon garçon...
cherchez fortune ailleurs, où je vais vous
envoyer un peu de fumée.

— Oh ! mademoiselle Blanche ! dit la
voix, — ce serait la première fois que
vous auriez fait du mal !... Laissez-moi
descendre, je vous en prie !

Ce voleur était ravissant, ma parole !

Il parlait comme la chanson : *Au clair de la lune,*

> Ouvre-moi ta porte,
> Pour l'amour de Dieu !

Cependant Blanche, qui avait déjà sa main à sa lampe de nuit, se ravisa.

Cette voix de ramoneur était pour elle comme l'écho d'une autre voix.

— Qui êtes-vous ? cria-t-elle, tandis qu'un étonnement joyeux se peignait sur son charmant visage.

— Je suis...

La voix hésita et reprit :

— Je viens de la part de M. Albert de Coëtlogon.

La main de Blanche retomba.

Un incarnat léger vint à sa joue.

Puis elle sourit tout franchement à l'idée de cette voie nouvelle que choisissaient les messagers de son futur époux.

Pendant cela, messager, ramoneur ou larron, l'homme de la cheminée dégringola tout à coup, et vint tomber dans les cendres.

Il éternua et roula au milieu de la chambre à coucher.

Il était extrêmement drôle ce nouvel arrivant, et nous recommandons aux autres héros de roman de ne jamais choisir le chemin qu'il avait pris.

Impossible de garder le moindre vernis poétique avec de la suie au mains, aux yeux, aux joues, au front, partout.

Blanche riait aux larmes.

11

Le nouveau venu restait interdit devant elle.

— O mon pauvre Pichenet! dit enfin Blanche; — je ne m'attendais guère à vous revoir ainsi.

— Vous m'avez donc reconnu, mademoiselle?... balbutia le jeune médecin qui demeurait comme ébloui.

Car elle était jolie, cette petite Blanche, bien plus que nous ne vous l'avons dit, préoccupé que nous avons été toujours de la souveraine beauté de sa sœur Marielle.

Elle avait dix-huit ans, savez-vous!

Elle était jolie à rendre fous tous les anciens amoureux de Marielle et trois douzaines d'autres troubadours par dessus le marché.

—Oui, oui, mon bon ami, répondit-
elle; je vous ai très bien reconnu... Mais
c'est donc là le chemin de Paris?

Elle avait beau faire, elle ne pouvait
parler sérieusement, tant ce Pichenet
était comique avec son grand air contrit
et sérieux, sous le masque de suie qu'il
portait.

— On m'avait dit que vous étiez un
médecin fameux, M. Adrien, reprit-elle,—
car il ne faut plus que je vous appelle
Pichenet... Je pensais bien souvent à
vous...

— Oh! Mademoiselle!..

— Mais je me représentais toujours
M. le docteur Adrien avec des manchettes
bien blanches et un col plissé comme il
faut...

Elle regardait, l'impitoyable, les manchettes et le col de Pichenet, qui étaient noirs comme de l'encre.

— Mademoiselle... voulut-il interrompre encore. — croyez qu'un motif bien grave...

— Certes, certes, monsieur Adrien!.. Un message de M. Albert vaut bien la peine d'escalader des murailles et de descendre par une cheminée dans la chambre d'une jeune fille !...

Pourquoi, si franches et si bonnes qu'elles soient, toutes les demoiselles se croient-elles rigoureusement tenues de railler dès qu'il s'agit de l'homme qui sera leur mari ?

M. Albert de Coëtlogon, qui se morfondait là-bas de l'autre côté de la douve, était le vrai motif de cette gaîté un peu intempestive.

Et pourtant Blanche l'aimait sincèrement, uniquement.

Ce sont les jolis petits mystères du cœur. — Cela devient beaucoup moins gentil quand la demoiselle a seulement vingt-cinq ans. — Quand la demoiselle a passé la trentaine, ces petits mystères tombent dans le domaine de la haute comédie, et il faut une duègne, au théâtre, pour jouer le rôle de la demoiselle.

Quant à la question de convenance qui pourrait être soulevée par quelques esprits trop ronds, (le mot *obtus* étant blessant, nous le rejetons) nous répondrons à ces esprits contondants qu'entre Blanche et Pichenet, les rapports étaient

de telle sorte que la décence mondaine
n'y avait rien à faire.

Entre la noble bienfaitrice et l'honnête
jeune homme qui avait le cœur tout plein
de reconnaissance, il y avait un lien franc
comme celui qui unit le frère à la sœur.

Défiez-vous avec soin et scrupule des
gens qui parlent trop souvent de décence.

Si les pendus pouvaient parler, soyez
certains, n'en déplaise au proverbe, qu'ils
ne parleraient jamais que de corde.

N'avez-vous pas rencontré dans votre
vie des milliers de brocanteurs qui parlent de probité? — Et tout Gascon qui
connaît son état, ne dit-il pas trois fois
par minute : Je vais vous parler franchement?...

Défiez-vous.

Un jeune homme dans la chambre d'une jeune fille, à quatre heures du matin, c'est léger, en thèse générale. — Mais la suie !

Et puis, on vous l'a dit : Pichenet n'aimait que sa mère.

Il entrait par les cheminées parce qu'il en avait les moyens, ayant pratiqué l'art du danseur de corde à l'âge où les autres docteurs en herbe apprennent le latin et le grec.

Mais c'était dans de bonnes intentions qu'il se livrait à ces réminiscences. Badabrux aurait pu dire de lui : Le jour n'est pas plus pur que le fond de son cœur...

Pichenet ne connaissait pas du tout la topographie intérieure du château du

Grail. C'était sans préméditation aucune qu'il avait choisi la cheminée de Blanche, en quittant Albert de Coëtlogon.

Il nous faut bien avouer, cependant, que s'il avait eu à choisir, il aurait choisi la cheminée de Blanche.

Il était venu là, poussé par un irrésistible besoin de sonder ce mystère où sa mère se trouvait mêlée, et poussé aussi par une secrète voix qui lui criait : « Tu peux leur porter le salut à tous ! »

Comment ?

Pour répondre à cette question, il fallait savoir ; pour savoir, il fallait entrer au château : voilà pourquoi Pichenet était entré au château comme il avait pu.

Maintenant, il est certain qu'en pareille occurrence une autre jeune personne ne se serait pas conduite exactement comme Blanche de Noyal.

Nous ne faisons nullement le procès aux jeunes filles, qui eussent poussé les hauts cris, bien que les hauts cris ne prouvent rien.

Nous ne jetons aucune espèce de blâme sur les demoiselles qui se fussent évanouies. C'est le droit qu'elles ont.

Nous nous bornons à demander qu'on n'accable pas notre pauvre petite Blanche pour défaut de gémissements et de syncopes.

— M. Adrien, dit-elle au bout de quelques minutes, si vous ne tenez pas à repasser par la cheminée, nous allons allumer le feu à présent ?... N'est-ce pas que cela vous a fait grand'peur quand j'ai parlé de fumée ?

— Je savais ce que je risquais en pénétrant ici, mademoiselle, répondit Pichenet.

— Bravo! voilà les docteurs qui vont devenir intrépides comme des dragons!... Asseyez-vous là, monsieur Adrien... Chauffez-vous... Je vais aller vous chercher votre mère.

— Elle est donc bien ici? s'écria Pichenet qui pâlit et dont les yeux se mouillèrent; — oh! c'est vous que j'ai vu la première en entrant dans ce château, mademoiselle Blanche!... Je devais y trouver du bonheur!

Blanche lui tendit sa main, qu'il baisa avec effusion et respect.

— Je suis une de vos plus vieilles amies, Monsieur Adrien, reprit elle.

Puis elle ajouta en mettant son doigt sur ses lèvres, plus roses que des cerises :

— Je sais tous vos secrets... et je veux que vous soyez heureux. Répondez-moi... l'avez-vous oubliée ?

Ceci fut prononcé à voix basse et d'un ton sérieux.

Pichenet baissa la tête et garda un instant le silence.

— Non... répliqua-t-il enfin — pas plus que je n'ai oublié le rayon du soleil qui éclairait ma pauvre chambrette... pas plus que je n'ai oublié les larmes ou le sourire de ma mère !... Mais, je sais ce que je suis et ce qu'elle est, mademoiselle Blanche... Pourquoi y aurait-il du mal à l'admirer comme le chef-d'œuvre de Dieu, puisqu'elle est la femme heureuse de M. le comte de Lacuzan, mon bienfaiteur, — la sœur de mademoiselle Blanche de Noyal, ma providence !

— Heureuse !... murmura Blanche.

Pichenet la dévorait du regard.

Elle s'était arrêtée, et à son tour, elle avait des larmes dans les yeux.

— Écoutez ! s'écria Pichenet, — si j'ai deviné, que le ciel soit béni !... j'ai passé deux années à étudier ce mal terrible...

— Quel mal ?...

— Le Mal d'Enfer.

— Vous savez donc !... dit Blanche stupéfaite.

Il l'interrompit et joignit ses mains élevées vers le ciel.

— J'avais deviné ! j'avais deviné ! s'é-

cria-t-il ; — je savais bien qu'il ne pouvait
y avoir que noblesse dans le cœur de
M. de Lacuzan!... Et d'ailleurs, est-ce que
vous seriez-là, vous, si toutes ces calom-
nies?... Mais je divague, mademoiselle
Blanche... Une heure pour embrasser ma
mère, et puis que Dieu me soit en aide!
je crois que je vous paierai ma dette!

Blanche ne comprenait pas, mais l'espoir naît si vite au cœur des jeunes filles!

Elle s'élança vers la porte.

Sur le seuil, elle s'arrêta.

Un sourire sournois fit briller ses pru-
nelles, tandis que ses joues se couvraient
de rougeur.

—Mais,... murmura-t-elle, — M. Adrien...
quand vous étiez là-haut, dans la cheminée, vous disiez que vous veniez de sa
part...

— Coëtlogon ! dit Pichenet qui se
frappa le front ; — oh ! pardonnez-moi
cet oubli... il m'avait chargé de vous dire,
quand je l'ai quitté... car il est là, le pauvre jeune homme... sur la lisière de la
forêt.

— Ah !... il est là ! fit Blanche toute
contente.

Puis elle ajouta en haussant les épaules :

— Je le reconnais bien, le maître fou.

Je vous le déclare, Blanche était douze
fois moins pensionnaire, c'est à dire vingt-
quatre fois moins comédienne que le commun des jeunes filles.

Mais la plus sincère se croirait damnée,
si elle ne disait pas un peu le contraire
de ce qu'elle pense en ces matières d'a-
mour.

— Il m'avait chargé de vous dire, reprit Pichenet, — qu'il est à vos genoux... qu'il vous aime comme jamais on ne sut aimer...

Blanche courait déjà dans le corridor, et l'on n'entendait plus que l'écho de son petit rire moqueur.

Pourtant, en passant devant une fenêtre qui donnait sur les douves, elle jeta un long regard au-dehors, — et comme elle crut voir une ombre sous les arbres aux premières lueurs du matin, elle envoya, sûr de ne n'être pas vue, un baiser à cette ombre, qui était le pauvre, — l'heureux Albert.

Lequel ne vit point le baiser, mais gagna un gros rhume.

Elle vint la pauvre mère Chaumel, déjà

toute émue avant même d'avoir vu son fils et pressentant son grand bonheur. Elle vint.

Ce furent des larmes joyeuses, des paroles entrecoupées de baisers.

Comme elle le contempla, son fils chéri, qu'elle n'avait pas vu depuis cinq années!

Et comme elle se sentit fière de le voir si grand, si beau, si fort! Toutes ses douleurs étaient oubliées : les longs jours de misère, les pleurs silencieux. Elle remerciait Dieu de vivre.

Désormais elle avait un défenseur, et c'était son fils. Son fils, qui était là, ivre de bonheur devant elle.

Son petit Adrien, — ce grand jeune homme!

Son pauvre Pichenet, — ce fameux docteur!

Blanche embrassait la bonne femme,
tant elle avait de joie à la voir contente.

La Chaumel était trop faible pour
tant de bonheur. On la mit dans une ber-
gère, auprès du lit de Blanche, et Pichenet s'agenouilla sur le tapis, à ses pieds.
Blanche dit :

— Il est venu ici pour savoir : il faut
qu'il sache tout.

La Chaumel attira la tête d'Adrien contre son cœur, et raconta ainsi l'incendie
de la cabane :

— Quand j'entendis frapper à la porte
de notre maison, au milieu de la nuit, je
crus que c'était mon Adrien qui revenait
de la grande ville, car je l'attendais la
nuit comme le jour. Je me levai, si heureuse, que mes pauvres jambes chance-

lantes ne voulaient plus porter mon corps.

— Il paraît que je mis trop de temps pour aller ouvrir; on enfonça la porte.

— Est-ce toi, Adrien ? m'écriai-je.

La résine s'allumait.

Je vis un grand corps noir qui n'avait pas de visage.

La résine tomba de mes mains, et je m'enfuis, car j'avais reconnu Malbrouk.

Il parvint à me saisir dans l'obscurité, et me traîna par les cheveux jusqu'au foyer où je venais de remuer les cendres pour trouver un charbon.

—Rallume la résine, dit–il, pour que je voie à te bien tuer !

Je compris qu'il était fou, plus fou qu'avant d'être mis à la maison Saint-Médard.

— Lâche-moi, lui répondis-je, si tu veux que je rallume la résine.

Il me lâcha. — Et, pendant que je me baissais, je voyais confusément tout son corps se dégingander, comme à la danse des fiévreux.

Il répétait entre ses dents :

— Je la toucherai ! je la toucherai...

Je ne savais pas de qui il parlait.

Quand la résine fut allumée, il me la prit des mains et la porta sous la paillasse, sans rien dire. Je m'élançai pleine d'épouvante, mais il me terrassa aisément et mit son pied sur ma poitrine.

La paillasse brûlait.

— C'est là que j'étais, grommelait-il, quand elle est venue avec le sorcier Lacuzan et qu'elle a dit que j'étais horrible...

Ah! je suis horrible!... Eh bien! ce que je suis, elle le sera... *je la toucherai! je la toucherai!*

Moi, je criais : Pitié! pardon! car la fumée commençait à me suffoquer.

Malbrouk avait l'air de respirer à l'aise.

— Ton Adrien va donc revenir? disait-il; c'est bon... je l'attendrai... et je lui serrerai le cou jusqu'à ce que sa langue devienne noire et pende sur son menton.

—Ah! ah! reprenait-il, — j'ai bien de la besogne! Je ne sais pas si je pourrai tout faire!

Il ôta son pied, qui écrasait ma poitrine.

Le feu avait gagné l'armoire, qui était

derrière le lit ; — la muraille de planches vermoulues se noircissait.

Je donnai mon âme au bon Dieu, et je lui dis de protéger mon pauvre Adrien, car le râle me prenait.

Je parvins cependant à me traîner jusqu'à la porte, et j'eus un peu d'air.

Il avait trouvé une cruche du vin que mademoiselle Blanche m'avait envoyée. Il la vidait à même dans son gosier.

— Oh ! la femme ! dit-il en riant, — tu bois de bon vin, maintenant que je ne suis plus là !

Dieu m'envoya une bonne pensée, et je m'écriai :

— Sauve au moins l'argent qui est dans le bahut.

Je n'avais pas plutôt parlé qu'il frappait le bahut à coups redoublés pour l'ouvrir. Le bahut contenait cinq ou six pièces de six livres de l'argent que m'adressait mon Adrien...

Grâce au bruit qu'il faisait, je pus entr'ouvrir la porte sans exciter son attention, et me glisser dehors. Mais le vent s'engouffra par l'ouverture de la porte et les flammes s'élancèrent jusqu'à la charpente qui flamba comme une poignée de paille.

Malbrouk s'entêtait à vouloir forcer le bahut.

Comme j'arrivais au mur du jardin de l'abbaye, j'entendis un grand bruit derrière moi. C'était la maison qui s'abîmait en lançant une gerbe de flamme jusqu'au ciel.

Parmi ces flammes ardentes, Malbrouk, tout noir, gambadait et gesticulait comme un démon.

Il avait réussi à forcer le bahut. Le cri qu'il poussa au milieu de l'incendie était un cri de triomphe.

Moi, je descendis jusqu'à la rivière et je suivis les bords, tant que je pus, derrière les aulnes et les saules. Le jour vint avant que j'eusse atteint la forêt, et je fus obligée de me cacher sous les branches, car je savais que Malbrouk me suivait à la piste pour m'achever.

Je passai deux jours dans la forêt sans manger ni boire, et je serais morte de faim, si Dieu ne m'avait envoyé le bon ange de notre maison, — celle qui te sauva autrefois, Pichenet, après t'avoir nourri longtemps de ses bienfaits, — celle qui a donné du pain à ta mère après ton départ... Mademoiselle Blanche !

J'entrai au château avec elle.

Hélas ! dès que je fus entrée au château, je compris ce que Malbrouk avait voulu dire par ces mots : Je la toucherai ! je la toucherai !...

La Chaumel se tut. Pichenet effleura de ses lèvres le bas de la robe de Blanche.

Une heure après, Pichenet était de nouveau seul avec mademoiselle de Noyal.

Il faut croire que la Chaumel avait un peu refait la toilette de son fils, car M. Adrien avait tout l'air, maintenant, d'un jeune médecin honnête et bien couvert.

— Il y a malheureusement du vrai dans tous ces bruits qui courent, lui disait

Blanche, poursuivant une conversation
commencée, et cela finira par quelque
sinistre événement... Mon pauvre père est
affaibli par l'âge et d'ailleurs Lacuzan re-
fuse absolument de le mettre dans la confidence... Vous verrez, M. Adrien, qu'il y
aura du sang au bout de ces extravagances!

Ce n'était plus la vierge espiègle et
rieuse. Il y avait une intelligence grave
dans ses yeux, et son front charmant se
chargeait de tristesse.

Elle secoua lentement sa tête bouclée.

—Pauvre Marielle! reprit-elle; — j'é-
tais tout enfant quand on prononça pour
la première fois chez nous le nom du Mal
d'Enfer. Je me souviens qu'elle devint
plus pâle qu'une morte et qu'elle tomba

sur un fauteuil en poussant un cri d'é-
pouvante... C'était un pressentiment, et ce
pressentiment ne l'a jamais quittée.

Picbenet était comme absorbé dans ses
réflexions.

— Voici le billet que je reçus dimanche dernier, poursuivit Blanche.

Elle tira une lettre de son sein et lut :

« Ma chère sœur,

» Je ne vous demande rien, sachant
» que votre cœur vous conseillera mieux
» que moi. Un affreux malheur est tombé
» sur nous. Je ne puis vous donner d'ex-
» plication par écrit. — Marielle a grand
» besoin de vous, mais, comme il s'agit
» de sa vie, je dois vous prévenir qu'une

» fois entrée au château vous n'en pour-
» rez plus sortir.

» Priez pour nous.

» LACUZAN. »

Pichénet écoutait plus avidement.

Blanche reprit :

— Je savais que M. Albert de Coëtlogon
devait se battre le lendemain matin avec
M. de Talhouët pour ce pauvre Lacuzan,
c'est à dire pour moi.

Mais je connais si bien Lacuzan! Pour
qu'il m'écrivît une lettre semblable, il fallait qu'un malheur, — un affreux malheur,
en effet, fût dans sa maison... Car je ne
vous ai pas lu le *post-scriptum*, monsieur
Adrien ; le voici :

« Ma sœur, si vous venez, il faut que

» tout le monde ignore votre démarche;
» vous viendrez en secret, sans vous ou-
» vrir surtout à M. le marquis de Noyal,
» notre père. »

— C'est étrange!... murmura Pichenet.

— Oui, dit Blanche, — c'est étrange. Je
partis au milieu de la nuit...

— Toute seule? interrompit encore
Pichenet.

— Toute seule... je sais la route de la
forêt.

— Mais... pour entrer au château à cette
heure?...

— Si je connais Lacuzan, Lacuzan me
connaît... Il m'attendait.

CHAPITRE VIII.

Le masque rose.

— Lacuzan sait bien que je n'ai jamais peur, reprit mademoiselle Blanche avec une petite pointe d'orgueil. — Lacuzan était sûr que je viendrais... Il m'attendait au bout du pont-levis.

Il me tendit la main.

— Merci, Blanche, ma sœur, murmura-t-il.

Puis il ajouta, tandis que sa voix tremblait et s'étouffait dans sa gorge.

— Ma sœur! ma sœur! nous sommes bien malheureux!

Je prononçai le nôm de Marielle.

Il se couvrit le visage de ses mains.

—Elle dort, reprit-il enfin; venez... je vais tout vous dire.

Ici, mademoiselle Blanche s'arrêta.

Pichenet l'interrogea du regard.

— Je vous en prie, ne me cachez rien, dit-il.

— C'est que, répliqua Blanche,—Lacuzan est mon premier ami... Si Albert de Coëtlogon, que j'aime et dont je veux être

la femme, me demandait le secret de Lacuzan, je ne le lui dirais pas.

—Mademoiselle Blanche, répliqua Pichenet, dont les yeux parlaient plus élo-
quemment que la voix même, — j'aime
M. de Lacuzan comme s'il était mon frère
ou mon père... je sais bien que je ne suis
qu'un pauvre garçon et qu'il est un grand
seigneur...Mais, encore une fois, je vous en
supplie, ne me cachez rien... J'ai deviné la
moitié de ce secret... dites-moi le reste.

Blanche le regardait en face comme si
elle eût voulu lire dans son cœur.

Maintenant qu'il fait grand jour et que
le soleil glisse ses premiers rayons dans
la chambre de mademoiselle de Noyal,
nous pouvons bien parler un peu de ce
qui se passait au fond du cœur de Piche-

net. La situation n'a plus rien de péril-
leux. Le soleil est un tiers. M. Adrien et
mademoiselle Blanche ne sont plus en
tête à tête.

Il est convenu que M. Adrien n'*aimait
que sa mère*. — Il adorait bien un peu le
souvenir de Marielle, m'ais ce n'était pas
de l'amour.

Il vous eût fait un mauvais parti, ce
jeune médecin, si vous lui aviez dit : c'est
de l'amour.

Quant à mademoiselle Blanche, vous
voyez bien qu'il lui portait les messages
de M. Albert de Coëtlogon, et qu'il l'entendait dire volontiers : Je veux être sa
femme.

Mais, grand Dieu ! pouvait-on être
comme cela auprès de mademoiselle

Blanche, subir l'attrait de son regard, le charme invincible de sa voix, sans être obligé de penser vingt fois par minute : Qu'elle est délicieuse et que je l'eusse aimée !...

Oui, malgré le souvenir de Marielle.

Pichenet, ce pauvre jeune cœur qui n'aimait ainsi jamais qu'au conditionnel, faisait des infidélités à sa première adoration.

Il comparait; il pensait que l'aînée était bien plus belle dans sa mémoire, mais qu'elle n'avait point ce sourire enchanté, cette voix qui pénétrait l'âme, ce charme exquis, ce parfum d'amour...

Vrai ! c'est que notre petite Blanche avait tout cela.

Ce n'était point une merveille : c'était une jeune fille.

Quelque chose de gracieux et d'alerte,
avec du feu dans les yeux, de l'esprit dans
le cœur, — de la vie partout.

Une jeune fille, enfin, tout l'opposé
d'une pensionnaire, tout le contraire d'une
poupée, une jeune fille en chair et en
os, dont les lèvres n'étaient point du
corail, dont la peau n'était pas du satin,
dont les yeux n'étaient pas de l'émail,
dont le front n'était pas de l'albâtre, dont
les cheveux n'étaient pas de la soie, dont
la taille fine n'était point une *taille de
guêpe.*

Pourquoi un peintre ne s'amuse-t-il pas
à jeter sur la toile cet idéal des poètes
ultrà-naïfs? — Pourquoi Nadar ou Dau-
mier n'ont-ils pas encore esquissé ce
parangon des princesses parnassiennes :
Lèvres de corail, peau de satin, yeux

d'émail, front d'albâtre, cheveux de soie, taille de guêpe ?

Et pourquoi les marchands de jouets ne fabriquent-ils pas sur ce programme quelque chose à ressort que l'on puisse donner en étrennes aux poètes-macarons.

Ce serait fête aux rives du Permesse retraité. Apollon invalide aurait son rêve, et chaque Tibulle à perruque, tranchant du Pygmalion, essaierait d'animer sa Galatée de papier mâché en lui récitant des alexandrins de carton.

Des alexandrins capables d'incommoder Badabrux lui-même, célibataire !

Hélas oui ! le pauvre Pichenet trouvait Blanche bien jolie. Et quand il se demandait, toujours au conditionnel, laquelle *aimerais-je* le mieux, ma foi, il ne savait plus...

Blanche, après avoir réfléchi un instant, lui prit la main et dit :

— Je crois en vous, Adrien, et je veux ne vous rien cacher. — Voici ce que m'apprit Lacuzan :

Il y a environ trois semaines, ma sœur Marielle sortit toute seule du château pour se promener dans le parc. — Le parc s'enfonce très loin dans la forêt et il y a une brèche à la muraille de l'enclos.

Mais Lacuzan est l'idole du pays et jamais personne n'avait tenté de s'introduire dans le parc par cette brèche.

La nuit venait. Ma sœur reprenait la route du château, lorsque tout à coup une grande ombre noire s'élança hors d'un buisson et lui barra le passage.

Ce qui eut lieu, ma sœur le raconta le

soit même à son mari; mais je veux vous dire tout de suite que, depuis lors, elle a perdu tout souvenir de cet événement, bien que sa mémoire soit restée fidèle pour les choses dès longtemps passées.

Toute circonstance qui lui rappellerait la violence atroce dont elle a été l'objet, la ferait probablement retomber au plus bas de son mal.

Cette ombre noire qui se dressait devant Marielle, c'était Malbrouk, vous l'avez deviné.

Il eut un rire hideux et lui saisit les deux mains.

— Je te touche! je te touche! s'écria-t-il avec une ivresse sauvage.

Et comme elle cherchait à se dégager, il lui meurtrit ses pauvres bras.

Puis,—comment dire cela?—craignant de ne lui avoir pas assez sûrement inoculé son mal, il se pencha sur elle et la mordit, comme une bête féroce qu'il est, à la naissance du cou.

Puis encore il s'enfuit, sautant par dessus les arbustes et poussant de longs cris de triomphe.

Marielle revint folle au château.

Vers onze heures, avant minuit, les premiers symptômes du Mal d'Enfer la prirent.

Et pendant toute cette nuit et les suivantes, elle put entendre les sauvages hurlements de son bourreau qui criait, caché dans les hauts chênes de la forêt :

— Je l'ai touchée! je l'ai touchée!

Jamais on n'a pu s'emparer de cet

homme qui possède une **agilité infernale**.

Pendant huit jours, Marielle a été entre la vie et la mort...

— Mais... interrompit ici Adrien ; — qui est-ce qui l'a soignée ?

— Son mari.

— M. de Lacuzan !

— Vous ne le connaissez pas!... il a été le premier de tous dans la confidence des pressentiments de Marielle... Il a épousé Marielle avec la conviction qu'elle était prédestinée à subir l'attaque du Mal d'Enfer.

Longtemps après que Marielle, heureuse, eut oublié ces pressentiments de jeune fille, ces craintes qu'elle avait reconnu folles, Lacuzan garda ces pressentiments et ces craintes.

Comme il aime ma sœur au point de vivre en elle et pour elle seulement, cette crainte devint la préoccupation de toutes ses heures,—et comme il n'est pas homme à fuir devant une crainte, il chercha les moyens de lutter.

Vous savez que depuis l'invasion du Mal d'Enfer, il avait affronté les dangers de la contagion si audacieusement que le peuple ingrat l'accusait d'être sorcier. Il voulut unir l'étude scientifique à l'expérience; il se fit médecin.

—Médecin! s'écria Pichenet stupéfait.

Il mesurait avec étonnement et respect la profondeur de cet immense amour.

Il en était heureux, — il en était fier.

Car il raisonnait ou plutôt il sentait comme si un lien fraternel l'eût uni à cette femme, idole de ses rêves d'enfant.

—Médecin, répéta Blanche,—non point de par la Faculté, mais de par les veilles patientes et l'étude obstinée.

Médecin hardi et savant.

Médecin capable de réduire le Mal d'Enfer en huit jours !

Marielle est guérie ; sa convalescence s'achève ; Marielle est presque aussi forte qu'avant son malheur...

Blanche s'interrompit.

Pichenet pressentait bien qu'il y avait autre chose.

—Alors, dit-il, pourquoi ces mystères?... pourquoi?...

—Vous savez quelles traces laisse après soi le Mal d'Enfer, répondit Blanche len— tement et à voix basse ; vous savez ou vous ne savez pas que ma sœur tient à sa beauté..,

— Hélas! sa beauté!... s'interrompit-elle avec des larmes dans les yeux.

Pichenet comprenait.

— Elle ne sait pas encore? demanda-t-il.

— Lacuzan veut qu'elle ne sache jamais! répliqua Blanche. Et c'est à cette entreprise insensée qu'il dépense maintenant sa force héroïque et son indomptable volonté... Marielle est prisonnière pour que personne ne puisse la voir, pour que jamais un geste imprudent, une exclamation, une parole de surprise ne vienne lui révéler le changement cruel qui s'est opéré en elle.

— Elle est donc bien changée! ne put s'empêcher de dire Pichenet.

— Je n'ai pu me résoudre à la voir,
repartit Blanche en détournant les yeux ;
— mais quand Lacuzan se croit seul, il
répète bien souvent : Elle en mourra ! elle
en mourra !

— C'est une façon de parler, peut-être...
murmura le jeune médecin.

Blanche lui prit le bras et le serra for-
tement.

— Il y a des douleurs qui brisent les
cœurs les plus robustes, dit-elle, — qui
égarent les raisons les plus hautes... Lacuzan a dit autrefois à Marielle que si elle
ne pouvait plus être heureuse en ce
monde et qu'il le sût, il la tuerait... Oui,
j'étais là quand il le lui dit... et c'était dans
une circonstance presque solennelle... Or,
Lacuzan sait bien qu'il ne peut prolonger
longtemps désormais le mensonge de cette

comédie impossible... Lacuzan est las...
Lacuzan voit; il entend Rennes tout entier, affolé par sa puérile passion de savoir,
qui frémit, impatient et curieux, à la porte
du château de Barbebleue... car ils l'appellent Barbebleue, justice du ciel!... Lacuzan a la fièvre; Lacuzan devient fou; —
Lacuzan tuera sa femme!

Blanche se tut et cacha sa tête entre ses
mains.

Pichenet garda le silence.—Sept heures
sonnèrent à la pendule qui était sur la
cheminée.

Blanche tressaillit et sembla s'éveiller
en sursaut.

— Il faut partir, maintenant, s'écria-t-
elle; vous n'avez que trop tardé, M. Adrien...
il faut vous retirer sur le champ... Vous

avez vu votre mère ; vous savez qu'elle est en sûreté ici... Je vous charge de dire à M. Albert de Coëtlogon que je lui défends de venir ainsi rôder autour du château... Il lui arriverait malheur !... S'il vous demande de mes nouvelles, dites-lui que je suis bien... et que je pense à lui... quelquefois...

Elle se leva ; elle ouvrit la porte.

Pichenet ne bougea pas.

—Eh bien ! fit-elle, non sans une légère impatience.

— Et vous croyez, dit le jeune médecin en se redressant, —que je vais vous quitter ainsi !

— Mais...

— Après tout ce que vous venez de me dire !

— Il le faudra bien!

— Non, mademoiselle Blanche, je reste.

—Vous restez! fit la jeune fille effrayée; si Lacuzan savait...

— M. de Lacuzan ne saura pas.

— Comment lui cacher?... et pourquoi? ajouta-t-elle par réflexion.

—Il ne faut pas avoir confiance à demi, mademoiselle Blanche, répondit Piche-net; vous m'avez dit tout à l'heure que vous croyiez en moi : prouvez-le moi.

Comme Blanche ne répondait pas, il ajouta d'un accent résolu et presque impérieux :

— Il faut que je voie madame la comtesse de Lacuzan.

Blanche tressaillit.

—Voir ma sœur! s'écria-t-elle; — vous
ne savez donc pas qu'un meurtre ne coûte
rien à celui qui est désespéré! Je vous ai
dit, et puissé-je me tromper, mon Dieu!
que Lacuzan tuerait sa femme... croyez-
vous qu'il vous épargnerait?

Pichenet sourit doucement.

—Je suis bien sûr que vous n'abandon-
neriez pas ma mère, mademoiselle Blanche, dit-il.

Il y avait dans ces simples paroles une
résignation si belle et si grande que
Blanche fut touchée jusqu'au fond du
cœur.

—Vous êtes bon, Adrien, dit-elle sans
dissimuler son émotion; —mais Lacuzan
n'est pas un homme que l'on puisse ainsi
servir malgré lui-même... Vous êtes tout

jeune... l'avenir est brillant devant vous...
allez, et que Dieu vous récompense
d'avoir voulu vous dévouer pour nous!

Pichenet, au lieu de se retirer et de répondre, ouvrit les revers boutonnés de
son frac de velours noir et tira de sa poche
une boîte plate en maroquin.

—Vous prenez vos repas avec monsieur
le comte et madame la comtesse? demanda-t-il.

— Oui... Pourquoi?

— Parce que cette circonstance nous
servira, mademoiselle Blanche.

Il choisit dans sa boîte de maroquin un
petit flacon, étiqueté d'un mot latin.

— Une goutte dans le verre de monsieur
le comte, une goutte dans le verre de madame la comtesse, dit-il avec calme; ils
s'endormiront tous deux.

Blanche ne répondait point. Pichenet lui tendit la fiole.

— Si vous ne voulez pas, prononça-t-il tout bas et d'un ton décidé, —j'essayerai d'un autre moyen... car, je vous le répète, mademoiselle Blanche, il faut que je voie madame la comtesse.

Blanche hésita un instant, puis elle prit le flacon.

Nous avons vu l'usage qu'elle en avait fait.

Quand Pichenet fut introduit dans le petit salon où Marielle et Lacuzan prenaient leurs repas, il était environ deux heures après midi.

Blanche était toute pâle de l'action qu'elle venait d'oser.

Le comte Henri avait la tête penchée

sur sa poitrine. Le sommeil irrésistible l'avait saisi à l'improviste. On voyait au mouvement de ses bras, posés avec force contre ses genoux, qu'il avait essayé de lutter.

Marielle, au contraire, avait la tête renversée sur le dos de son fauteuil, parmi les boucles de ses beaux cheveux blonds.

Pichenet traversa le salon sur la pointe des pieds. Il était plus pâle que Blanche et Blanche entendait son cœur battre dans sa poitrine.

— S'ils allaient s'éveiller ! murmura la jeune fille.

Pichenet prit une des mains du comte, l'éleva, puis la lâcha tout à coup.

La main retomba inerte.

Et le comte ne bougea pas.

Blanche ne dit plus rien. Mais une autre terreur lui venait : ce sommeil ressemblait à la mort.

Elle mit la main sur le cœur de Lucuzan, qui battait doucement et régulièrement.

Pichenet vit, devina et sourit avec tristesse.

Il s'avança vers Marielle et tâcha de dénouer les cordons de son masque.

Mais ses doigts tremblaient trop.

—Aidez-moi, mademoiselle Blanche, dit-il en essuyant la sueur qui coulait déjà de son front.

Blanche obéit.

Mais ses pauvres doigts tremblaient encore plus que ceux du jeune médecin.

Les cordons du masque furent néanmoins dénoués. Il n'y avait plus qu'à le soulever.»

Blanche et Pichenet se regardèrent.

Ils n'osaient plus.

Par la porte ouverte, leurs yeux se tournèrent instinctivement vers le salon de velours bleu.

On voyait, juste en face de la porte, le portrait de Marielle.

Un rayon de jour plus vif éclairait sa céleste beauté.

Pichenet enleva le masque.

Blanche poussa un cri étouffé et tomba raide sur le tapis.

Pichenet lui-même chancela et fut obligé de s'appuyer à la table.

Pourquoi décrire ce qui est poignant jusqu'à briser le cœur? Nous ne dirons point ce qu'ils virent, Blanche et Piche-

net, sous le masque de satin rose. —
Hélas! le portrait était là, toujours brillant de sa beauté divine; il était là, raillerie amère et cruelle; le rayon de soleil le faisait doucement sourire.

Pichenet prit Blanche entre ses bras et la porta jusqu'à sa chambre. Il appela sa mère et lui dit :

—Tiens, mère, soigne-la... Quand elle s'éveillera, dis-lui qu'elle a fait un rêve.

Il s'élança de nouveau dans le petit salon et se mit à genoux devant Marielle.

Les larmes jaillissaient de son cœur et se séchaient sous ses paupières brûlantes.

Et quand, pour la seconde fois, il regarda ce radieux portrait qui était dans la chambre voisine, son souffle râla dans sa gorge.

Le contraste était horrible et navrant. Pichenet ferma la porte pour ne plus voir ce sourire du passé qui insultait à la désolation présente.

Lacuzan s'agitait dans son sommeil.

Des paroles confuses venaient à ses lèvres.

Pichenet crut l'entendre qui murmurait :

— Il l'a touchée ! il l'a touchée !...

Un éclair brilla dans les yeux du jeune médecin. Avant de se relever, il joignit ses mains tendues vers le ciel et pria ardemment.

Puis il choisit diverses substances dans sa boîte de maroquin, les mélangea, les versa dans un verre avec de l'eau pure et commença une sorte de pansement.

Ce mélange devait avoir une action violente, car Marielle se plaignait dans son sommeil.

Pichenet lui lotiona le visage tout entier, le cou et le sein.

Quand il eut achevé, il brûla les linges qui lui avaient servi, et se lava les mains dans de l'eau chargée de cendres.

Puis il jeta sur la pelle rougie une goutte d'essence qui chassa les parfums âcres de la lotion et rendit à l'atmosphère sa pureté première.

———————

Lacuzan s'éveilla vers la brune.

Marielle était étendue sur son fauteuil dans l'état où il l'avait laissée, avec son masque de soie rose sur le visage.

La présence de Pichenet n'avait point laissé de traces.

CHAPITRE IX.

Le miroir.

La convalescence de la comtesse avançait rapidement.

Et à mesure qu'elle recouvrait ses forces et sa santé, Marielle revenait à la coquetterie de sa nature. C'était pour elle un véritable supplice que de ne se point voir.

Elle avait supplié son mari de lui donner un miroir — ne fût-ce que pour une minute.

Elle avait tâché de séduire Blanche pour que celle-ci lui procurât un miroir en cachette.

— Un miroir! un miroir! mon royaume pour un miroir! eût-elle dit volontiers si elle avait été reine.

Lacuzan, lui, devenait de plus en plus sombre.

Son espoir s'en allait.

Chaque nouveau progrès de la convalescence de Marielle le rapprochait d'un dénoûment fatal.

Huit jours s'étaient écoulés depuis l'arrivée de Pichenet au château du Graïl, où le comte Henri ne soupçonnait point sa présence.

Pichenet partageait la chambre de sa
mère.

M. de Badabrux n'avait pas manqué,
comme on le pense, de raconter *in extenso*,
avec citations tragiques et fioritures, l'histoire étrange de sa rencontre, dans la rue
aux Foulons, avec le fils de la Chaumel,
Pichenet, autrefois danseur de corde,
maintenant premier aide du médecin de
Sa Majesté.

L'histoire s'était notablement embellie
en passant par la boutique Mormichel-Barbedor, et Guillemitte avait cru pouvoir
ajouter que ce jeune homme avait été envoyé par le roi Louis XV pour savoir un
peu ce qui se passait au château de Barbebleue.

Vivé, les cinq demoiselles Trécoché,

madame veuve Nestor et les époux Soliman, tous doués d'une riche imagination,
avaient brodé l'aventure.

Les vicomtesses n'étaient point restées
en arrière de ces gens du commun.

Pichenet était le lion de Rennes. Tout
le monde s'occupait de lui : le salon
comme la boutique. Pensez donc! on l'a-
vait vu danser sur la corde, ce docteur,
et chacun se souvenait bien de la voix
qu'avait ce coquin de Malbrouk, quand il
disait :

— Saute! Pichenet.

Or, M. Albert de Coëtlogon avait laissé
échapper quelques paroles d'où l'on pouvait conclure que le jeune médecin avait
franchi le seuil terrible du Tombeau de
velours.

Et à l'exemple de tous ceux qui avaient franchi le seuil du Tombeau de velours, le jeune médecin n'avait point reparu.

Encore une victime à joindre au nombre toujours croissant des victimes de Barbe-bleue!

Quand donc la justice du ciel, ou, à son défaut, la justice humaine devait-elle écraser cet abominable fléau!

Les dames de la halle, cette puissance que Rennes a toujours reconnue, avaient les oreilles fort échauffées.

On commençait à *chanter pouille* sous les fenêtres de monseigneur le gouverneur de la province.

Le peuple se mettait de la partie, sans trop savoir pourquoi. C'était une révolution *ab ovo*.

Et, connaissez-vous beaucoup de révolutions qui aient eu des causes si graves?

———

Le matin du mardi 7 novembre 1754, la cour du grand hôtel de Coëtlogon, où M. le lieutenant de roi faisait sa demeure, eut ses portes forcées.

La foule fit irruption dans le vestibule, demandant le lieutenant de roi à grands cris. — M. le lieutenant de roi parut à son balcon, et le perruquier Soliman, élu tribun du peuple en cette circonstance solennelle, lui tint à peu près ce langage :

Monseigneur... crron ! crron ! (c'était comme cela que toussait le perruquier Soliman) crron, crron ! monseigneur... le peuple de Rennes vient vous offrir le témoignage de son respect... crrou!... et de son affection, que j'oserais dire filiale, si, crron! monseigneur me le voulait bien permettre!

— Il est enrhumé, le barbier; cria un garçon poissonnier du nom de Joujou, qui avait une réputation de loustic depuis le Champ-Dolent jusqu'au Champ-Jacquet.

Les bouchers, les bouchères, les *regrattiers* des deux sexes, les marchands de poissons et leurs épouses, les crieuses de *rôt-tout-chaud*, les débitantes d'andouilles fraîches, etc., poussèrent en chœur un large éclat de rire.

Cela commençait gaîment.

Madame veuve Nestor, cependant, se permit de murmurer à l'oreille du suisse Vivé, son ami :

—Moi, je trouve ça ignoble, le peuple!

C'était l'avis du suisse Vivé, qui n'avait garde non plus de se confondre avec le *peuple*.

Malheureusement pour madame veuve Nestor, plusieurs harengères, casseuses de noix et débitantes de merluches entendirent son observation. Elles étaient du peuple.

On la prit aussitôt, cette veuve Nestor, sans respect pour sa position sociale; on la porta un instant en triomphe, puis on la déposa proprement dans le ruisseau.

Vivé ne la défendit pas. Je crois même qu'il dit : C'est bien fait!

Fonctionnaire prudent, Vivé n'avait d'insolences que pour les faibles.

Soliman continuait :

— A ces causes, monseigneur, nous désirons, crron ! crron ! savoir pourquoi les gens de S. M. (Dieu la bénisse) laissent Barbebleue tuer le monde et commettre toutes sortes d'abominations, qui sont, crron ! au su et au vu d'un chacun dans la ville !

— Ça, c'est juste ! dit Joujou. — A bas Barbebleue !

Vivé trouvait la harangue plate ; et comme Soliman hésitait, il lui souffla cette transition vraiment heureuse et savante.

— Voilà donc pourquoi t'est-ce que nous avons venu par devers vous...

Voilà donc pourquoi t'est-ce, répéta Soliman — que nous avons, crron ! venu par devers vous, avec plaisir, monseigneur, vous saluer, dans l'espérance que vous en éprouverez de même...

— Crron! crron! fit Joujou ; — ça se
noie!

— De même... ânonna Soliman ; —
comme quoi... voilà...

— Crron! crron! cria la foule.

— Crron! répéta involontairement le
malheureux Soliman, qui éternua trois
fois, salua et tamponna son front couvert
de sueur.

Pendant le silence qui suivit la harangue du perruquier, on put voir que la
foule s'était beaucoup accrue dans la cour
et aux abords de la lieutenance.

Circonstance grave : il y avait un assez
grand nombre d'habits bourgeois parmi
les vestes populaires. On voyait même
quelques livrées, ce qui donnait à penser
que messieurs de la noblesse avaient envoyé chercher des nouvelles de l'émeute.

Le célibataire Badabrux, qui n'avait pas même à son service un valet de tragédie, était venu de sa personne.

Sa tête poudrée faisait bien dans la cohue, et donnait un grand caractère au tableau.

— Mes bons amis... dit le lieutenant de roi.

— Silence! fit Badabrux à ceux qui l'entouraient.

Et il salua de loin M. le marquis de Coëtlogon pour se prêter un air de familiarité avec le vicaire de la couronne.

— Mes chers enfants, reprit M. le lieutenant de roi — je n'ai pas très bien compris ce que votre député m'a fait l'honneur de me dire...

— Il vous a dit : erron! erron!... commença Joujou; — c'est clair!

Mais M. le marquis de Coëtlogon était un seigneur universellement respecté. Joujou n'eut pas de succès. Les harangères, les revendeuses de *sard* (sardines), les crieuses de rôt-tout-chaud se réunirent pour l'accabler d'invectives.

— En conséquence, conclut M. le lieutenant de roi — je vais vous envoyer mon sénéchal, qui prendra connaissance de vos griefs, et les transmettra, s'il y a lieu, à monseigneur le gouverneur de la province.

Il fit un geste de la main, gracieux et paternel, puis il rentra dans ses appartements.

La foule cria vivat!

Malheureusement de nouveaux venus, qui arrivaient de la place Sainte-Anne, apportèrent la nouvelle que trois pauvres patients étaient morts du Mal d'Enfer dans les rues basses.

Par une mystérieuse association d'idées, Lacuzan et le Mal d'Enfer, c'était tout un pour le peuple de Rennes.

Quand le sénéchal parut au balcon, le peuple grondait.

Cinq pieds huit pouces et demi, sans souliers, large envergure, nez en éteignoir, sourcils aussi gros que la moustache d'un cent-suisse, perruque de financier de comédie.

Tel était maître Michel Des champs, sénéchal de la lieutenance.

Joujou avait désormais beau jeu.

— Allons, perruquier, s'écria-t-il, fais un peu ton crron! crron! pour M. le sénéchal !

M. Soliman s'avança, en effet, et se pré-
para à recommencer son discours.

Mais au premier crron! crron! M. Deschamps l'interrompit.

— Bonnes gens, dit-il en se servant de
son nez immense comme d'un porte-voix
donné par la nature — toutes choses que
de droit seront faites en la forme et te-
neur des actes régulièrement consentis
par les États... Retournez chacun chez
vous paisiblement... et si vous n'êtes pas
contents, adressez-nous requête.

Ce n'était plus le style du lieutenant de
roi.

Un long murmure accueillit cette noti-
fication faite d'un ton sec et à la fois solennel.

— Au lard! au lard! crièrent les gamins
en guenille.

— Pouille! pouille! répondirent les dames des divers marchés.

Un tronc de chou, lancé par Joujou d'une main sûre, comme le déclama plus tard Badabrux — fit au nez du sénéchal une large blessure.

En même temps, les cinq demoiselles Trécoché arrivèrent en corps, tricotant cinq bas de laine et embaumant l'air d'une véhémente odeur de cassis.

Elles avaient pris le coup du matin chez Guillemitte Mormichel, née Barbedor.

A la vue de ces cinq demoiselles, hautes en couleur et réellement redoutables, le sénéchal, déjà déconcerté, lâcha pied en murmurant :

— Bonnes gens! je vais vous envoyer mon procureur...

Celui-ci parut à son tour.

Mais au lieu de venir au balcon, il se risqua sur le perron.

C'était un brave petit homme en parchemin mangé aux rats. Il avait deux lentilles de loupe montées en besicles, et un garde-vue vert posé de côté — à la mauvais.

Un immense éclat de joie accueillit sa venue.

Vous n'êtes pas sans savoir que tous les procureurs qui ont des verres de loupe montés en besicles et des visières de taffetas fané s'appellent Langlois.

Par extraordinaire, celui-ci avait nom Loysel.

Mais il sentait bien qu'il était dans son tort, et cela le rendait très méchant.

Il fit cet exorde *ab irato* :

— Jusques à quand enfin, ramassis de fainéants, abuserez-vous de notre patience? Croyez-vous que les autorités civiles et militaires souffriront longtemps tout ce tapage? Croyez-vous...

— Il faut le donner aux demoiselles Trécoché! interrompit Joujou.

Maître Loysel fit un geste d'horreur.

Les cinq Trécoché, de leur côté, protestèrent.

— Croyez-vous... essaya de reprendre maître Loysel.

Mais Joujou était en veine. Il avait énormément d'esprit.

Il se glissa derrière le pauvre procureur, et le poussa brusquement en avant. Maître Loysel ne tenait pas beaucoup sur ses jambes maigres et cagneuses. Il chancela, franchit les marches du perron en battant des bras comme un homme qui se noie, et alla tomber tête première au milieu de la cohue.

Vive Joujou!

— Barbebleue! Barbebleue! criaient cependant ceux qui n'avaient pu entrer dans la cour de la lieutenance, et qui s'impatientaient au dehors; — qu'on nous donne Barbebleue, ou nous mettons le feu aux quatre coins de la ville!

Le tumulte était à son comble. Il y avait maintenant plus de six mille personnes rassemblées autour de la lieutenance.

Un incident survint qui fit diversion au tapage pour quelques minutes et permit au malheureux procureur Loysel de s'échapper. Bien que M. le lieutenant de roi n'eût pas jugé de sa dignité de donner à cette cohue des explications catégoriques, il est certain qu'un exprès était parti le matin même pour le château du Grail, porteur d'une missive qui priait M. le comte de Lacuzan de venir à Rennes pour rendre compte de sa conduite.

Car, à part les exagérations qui avaient cours dans le public, la conduite de M. de Lacuzan faisant garder son château par vingt dragons, nuit et jour, pouvait bien paraître extraordinaire.

Or, un dragon à cheval se présenta au bout de la rue encombrée. Il portait la réponse de M. de Lacuzan.

La foule compacte et agitée n'embarrassait pas beaucoup ce dragon. Le dragon et son cheval en avaient vu bien d'autres.

Le dragon s'appelait Jann Bolnyi. C'était un des vingt de Belgrade.

— Allons! dit-il, qu'on se range!

Comme la cohue faisait mine d'être mauvaise, Jann Bolnyi piqua son cheval et distribua aux plus méritants une demi-douzaine de coups de plats de sabre.

Ma foi, les cinq Trécoché furent unanimes pour déclarer que c'était un beau brin de soudard! Jamais vous ne trouverez de femmes plus impartiales que les cinq Trécoché.

Jann Bolnyi parvint à entrer dans la cour. Au moment où il descendait de cheval, Joujou eut la malencontreuse idée de s'écrier :

— Tiens! tiens! voilà un des dogues de Barbebleue!

Jann Bolnyi le regarda de travers.

Joujou avait une de ces faces insolentes qui ont peuplé en tous temps le pavé des grandes villes : un front étroit avec des cheveux jaunes, un nez en l'air, des yeux gris à fleur de tête, les mains dans les poches, de grands pieds plats et de ces coudes pointus, qui sont ·des armes offensives.

Joujou était peut-être un peu moins odieux et un peu moins laid que le gamin de Paris politique, mais pas beaucoup.

Il soutint effrontément le regard du Hongrois, et comme celui-ci se bornait à froncer ses gros sourcils, Joujou s'enhardit, et de la houssine qu'il tenait à la main, il donna un bon coup sur la tête du cheval en disant :

— Holà hé ! vous autres ! le dogue a cru qu'il me ferait peur !

Jann Bolnyi allongea le bras, prit Joujou par la peau du cou et le lança comme un chien roquet au plus profond de la foule.

Joujou hurla. — Bolnyi monta les degrés du perron. — Pas un n'osa toucher son cheval, attaché à la balustrade.

— Les Trécoché dirent : — Voilà un soldat qui a un fier poignet !

La réponse de M. le comte de Lacuzan au message du lieutenant de roi, fut remise par Bolnyi au sénéchal Deschamps, qui la présenta, tête nue, à M. le marquis de Coëtlogon.

Cette réponse était la démission de M. le comte de Lacuzan, lieutenant-colonel des dragons de Conti.

Les cas étaient bien rares où un gentil-homme croyait pouvoir se permettre de briser ainsi son épée. Je dis en temps de paix. En temps de guerre, cela n'avait point d'exemple.

En agissant de la sorte, M. de Lacuzan s'exposait à être bien sévèrement jugé par ses pairs.

Le sénéchal Deschamps lut sa lettre par-dessus l'épaule de M. le lieutenant de roi, et, croyant bien faire, il s'élança de nouveau au balcon pour crier à la foule :

— Celui que vous appelez Barbebleue n'est plus au service de Sa Majesté !

La foule pensa naturellement que les gens du roi capitulaient.

Un long cri de victoire répondit à l'annonce du sénéchal, et la cohue, subitement enivrée, s'élança hors de la cour de la lieutenance pour se rendre à la place Sainte-Anne.

La place Sainte-Anne était à Rennes ce que la porte Saint-Denis est à Paris. Il n'y aurait pas eu de bonne échauffourée si l'on n'eût fait un tour à la place Sainte-Anne. Ce grand trapèze boueux, entouré de masures mal famées, était le théâtre favori de l'émeute.

Comme il y avait loin de la lieutenance à la place Sainte-Anne, il fallait bien porter quelqu'un en triomphe. Le moyen, en effet, de couronner autrement une bagarre! On pensa d'abord au perruquier Soliman, l'orateur, mais les crron, crron imitatifs de Joujou l'avaient dépopularisé.

Vivé était trop vieux, Mormichel trop mignon ; Badabrux appartenait à la noblesse.

Joujou, le héros et la victime, fut choisi
tout d'une voix. Les dames de la halle l'ac-
clamèrent, et quatre porteurs l'élevèrent
sur deux bâtons.

Joujou se laissait faire. Il était tout pâle.
On crut une fois le voir trembler.

Il demanda une écuellée de cidre. Tandis qu'il buvait, ses dents battaient la générale sur la grosse faïence de la tasse.

Lui, le bavard éternel, le loustic incor-
rigible, il ne prononça pas une parole.
On avait beau l'exciter et le provoquer, sa
gaîté semblait partie pour toujours.

Et cependant Joujou n'était pas à cela
près d'une chute sur le pavé ; il fallait
qu'il y eût autre chose.

11   18

— Joujou ! Joujou ! criait-on dans le cortége — le dogue de Barbebleue t'a donc mordu bien dur ?

Joujou ne répondait point. Il frissonnait, et sa tête pâle pendait sur sa poitrine.

Tout à coup il se redressa, et ses deux bras crispés se tendirent.

— Chrétiens, n'approchez pas ! cria-t-il d'une voix changée — craignez le Mal d'Enfer.

Un grand murmure s'éleva de la foule. Ceux qui étaient le plus près du brancard improvisé reculèrent avec terreur ; les quatre porteurs lâchèrent prise à la fois, et déposèrent le triomphateur au milieu de la rue.

Il se fit un large cercle autour du brancard où le pauvre Joujou se débattait sans secours.

Depuis quelques jours il y avait à Rennes une recrudescence dans la marche de l'épidémie. Le Mal d'Enfer revenait. La foudre avait déjà frappé plusieurs coups.

Quand les gens de Rennes virent la face du pauvre Joujou devenir tout à coup livide, ses yeux s'injecter de sang, et l'écume blanchir le bord de ses lèvres, la joie folle tomba pour faire place à la stupeur.

Joujou essaya de parler. Il y en eut qui pensèrent entendre le nom de Barbebleue parmi les paroles confuses que ses dents arrêtaient au passage.

Ce nom de Barbebleue courut aussitôt de bouche en bouche.

Le dogue de Barbebleue l'avait mordu, cet homme qui était là, gisant dans la poussière, et qu'on avait vu, quelques minutes auparavant, si plein de force et de vie — cet homme agonisait.

Il eut trois ou quatre convulsions terribles, puis il ne bougea plus.

C'était encore là, bien évidemment, une victime de Barbebleue!

Mais puisque Barbebleue, ce monstre, n'était plus au service du roi, suivant que l'avait annoncé le sénéchal Deschamps, ne pouvait-on se venger à la fin!

Telle fut la pensée commune, et chacun répondit : l'heure de justice a sonné, il faut que Barbebleue meure!

Le pauvre Joujou avait oublié de dire,

et peut-être n'avait-il pas eu le temps,
qu'une aventure étrange lui était arrivée,
le matin même de ce jour, au bord de
l'eau.

Joujou demeurait derrière les halles,
il se levait longtemps avant le soleil pour
aller chercher sa charge de poisson frais.
Ce matin, comme il revenait avec sa hotte,
il avait vu sortir des roseaux qui bordaient
la rivière sous le Vau Saint-Germain, un
grand corps maigre et dégingandé, vêtu
de haillons humides.

Cet homme — ou ce fantôme — avait
un lambeau d'étoffe noire sur le visage.

Joujou pensa tout de suite au Mal d'Enfer, mais cette manière de spectre n'avait
pas de crécelle.

Il vint se planter au milieu du pont de

Toussaint, et tendit les deux bras comme pour barrer le passage à Joujou.

Il murmurait en riant sous son masque :

— Je l'ai touchée ! je l'ai touchée !

Joujou n'avait pas froid aux yeux, comme on dit ; sans sa charge, il se serait bien moqué du spectre, quoique ces pâles lueurs du crépuscule naissant donnent à tous les objets une apparence terrible ; malgré sa charge et malgré la fantastique tournure de ce personnage qui lui barrait le chemin, il voulut aller outre.

— L'ami, dit-il, on m'attend au marché... Je perdrai une piécette de douze sous si tu me retardes.

L'homme au masque ne se rangea point ; il tira de la poche de ses braies en guenilles un large écu d'argent et répondit :

— Tu peux bien perdre douze sous pour gagner six livres.

— Et que faut-il faire pour gagner six livres?... demanda Joujou alléché par ce gros bénéfice.

Le spectre mit un doigt sur sa bouche.

— Chut!... fit-il, ne parle pas si haut... Quand j'entre quelque part, on a peur de moi et l'on me chasse... Les marchands ne veulent pas me vendre... Apporte-moi ici un miroir de vingt-quatre sous, et je te donnerai ces six livres...

— Tope!... fit Joujou enchanté.

Il y avait justement tout près de là, au coin de la place du Palais, la boutique Mormichel-Barbedor. — Joujou prit sa course et s'en alla tambouriner comme un diable sur les contrevents de la *Grosse pelotte*, mariée à la *Grosse carotte*.

Guillemitte dormait; mais quand il s'agissait de traiter une affaire de vingt-quatre sous, Guillemitte avait toujours le réveil agréable. Elle vint en léger costume du matin, elle ouvrit sa boutique et vendit à Joujou un joli petit miroir encadré de bois jaune.

Joujou le rapporta fidèlement à son spectre généreux.

Non-seulement ce dernier lui donna l'écu de six livres promis, mais il fut si content qu'il saisit Joujou à bras-le-corps et faillit l'étouffer en l'embrassant.

Puis il brandit le miroir au-dessus de sa tête et se prit à gambader comme un fou.

Il descendit derrière le pont de Toussaint et se perdit de nouveau dans les roseaux de la rive.

Joujou l'entendait qui disait de sa voix
creuse et sourde :

— Elle se verra! elle se verra!... et elle
mourra !

CHAPITRE X.

Siége du château de Barbebleue.

De ce qui précède, on peut conclure que ce n'était pas Jann Bolnyi, — le dogue de Barbebleue, qui avait mordu le pauvre Joujou.

Jann Bolnyi se sentait parfaitement bien et ne pouvait communiquer à autrui le Mal d'Enfer qu'il n'avait pas.

Au contraire, Malbrouk avait le Mal
d'Enfer, et c'était Malbrouk que Joujou
avait rencontré sur le pont de Toussaint,
avant l'aube, — Malbrouk en quête d'un
miroir de vingt-quatre sous.

Quoi qu'il en soit, ce fut pour le peuple
de Rennes comme si le comte Henri eût
tué le pauvre enfant lui-même, et de sa
main. Le doigt de Barbebleue était là, on
le reconnaissait. Il fallait des cadavres à
Lacuzan, ce vampire!

La mère de Joujou vint sur la place
Sainte-Anne, elle vint toute échevelée et
toute éplorée. Elle se rua sur le corps;
elle cria vengeance. — Où est la mère qui
voit son fils mort sans devenir folle?

Les ennemis que Lacuzan avait par la
ville, et nous savons qu'ils étaient nom-

breux, exploitèrent aussitôt cette situation. Depuis l'affreux Vivé jusqu'à Badabrux, depuis Guillemitte Barbedor jusqu'à madame la vicomtesse le Brec du Lartz de Cramayeul-en-Gevezon-les-Fossés-sur-Papayoux, tout le monde jeta feu et flammes.

Ce grand courroux couva toute la journée comme les charbons sous la cendre.

Vers le soir, on cria aux armes dans les rues de Rennes, afin de faire le siége du château de Barbebleue.

A minuit, la foule prit la route du Tombeau de velours.

C'était une armée; il y avait des hommes, des femmes et des enfants. La mère de Joujou portait une torche à l'avant-garde.

Les gens sensés, Badabrux, Mormichel,

Soliman, Vivé, marchaient en arrière et ne portaient rien.

Le crépuscule du matin se leva sur un spectacle grandiose et grotesque. Le château du Grail était investi de toutes parts. Rennes avait émigré. Son peuple, ses bourgeois, ses portiers, ses vicomtesses étaient là, suivant la croisade et faisant le siége du Tombeau de velours.

Tout ce monde avait passé la nuit pêle-mêle et sans coup férir dans les bruyères, sauf les vicomtesses, qui avaient, ma foi, leurs carrosses.

Un conseil de guerre se tenait sur la lisière de la forêt.

Les harengères et les marchandes de rôt tout-chaud pensaient qu'avec quelques fagots on pouvait faire l'affaire.

Mais Radabrux représenta sagement que pour prendre une place forte, entourée de remparts, il fallait dix ans et vingt-quatre chants de poème épique.

Au vingt-quatrième chant, on place quelques traîtres dans un cheval de bois, fabriqué avec un grand art ; on laisse Cassandre radoter et Barbebleue est traîné autour des murailles, attaché au char du vainqueur impitoyable.

Tel fut l'avis de ce célibataire.

Mormichel disait, dans son dévouement à la cause commune :

Nous tenons, à la boutique, débit de poudre royale ; si on veut faire les fonds, j'irai en chercher pour ce qu'on me donnera d'argent.

— Tout au moins faudrait-il, reprenait

Badabrux, quelques béliers et bon nombre de catapultes... car les balistes sont dangereuses à manœuvrer... On a vu quelquefois la pierre lancée avec force, rebondir contre l'assiégeant lui-même et lui donner la mort!

— Tas de poules mouillées! dit une des plus polies parmi les demoiselles Trécoché, prenez des échelles et grimpez-moi là-haut!

Mais là-haut, on voyait les silhouettes immobiles des dragons Lacuzan.

Et tout cet aspect du château sombre et muet donnait des frissons aux plus braves.

A midi, les estomacs commençaient à se plaindre.

Quelques gentilshommes, commandés par Albert de Coëtlogon, parurent sur la route de Rennes et annoncèrent qu'ils défendraient le château contre toute attaque brutale.

La croisade semblait véritablement tombée dans l'eau, lorsque de grands cris s'élevèrent dans l'intérieur de la forêt.

Une troupe de mille à douze cents mendiants rennais sortit du fourré, conduits par Malbrouk et portant des fascines. L'élan était donné. Chacun prit un fagot, et tous s'élancèrent vers les douves, tandis que Badabrux disait :

O fureur ! ô destin ! ô discorde sanglante !...

Les dragons-Lacuzan ne bougeaient pas. On eût dit qu'ils dormaient.

Mais derrière ces murailles sombres, il y avait le désespoir.

Tous ces mouvements désordonnés,

tous ces cris d'une populace affolée, c'était la comédie ou plutôt la farce. Là-bas, au-delà du pont-levis du Grail, c'était le drame. Il y avait là un homme que la douleur rendait insensé.

Et cette farce pouvait se dénouer dans des flots de sang.

Lacuzan avait tenté l'impossible, il le voyait bien maintenant.

Un instant, il s'était cru assez fort pour entourer Marielle d'une sorte de rempart magique qui se dresserait constamment entre elle et le monde des réalités.

Il avait fait ce rêve de la garder à la fois contre elle-même et contre tous.

Ce rêve de la tromper toujours et de lui rendre à la place de sa beauté perdue une chimère qui devait remplacer sa beauté. —

Parce que la beauté de **Marielle**, c'était sa vie.

Des adorations de toutes les heures, un culte incessant, une sorte d'autel, — dans un cachot, hélas! Lacuzan avait rêvé cela.

Oui, et il avait dépensé à cette œuvre extravagante toute la force d'un cœur de héros!

Eh bien! il était las. Il voyait son dévouement inutile. Il se sentait trop faible.

Le monde, c'est à dire ces fous et ces folles qui étaient là dans la bruyère, ces harengères, ces mendiants, ces portiers, ces nobles commères, enfin le monde, — ce qui vit dans toutes les maisons, de la loge aux greniers, en passant par les salons, — le monde ne voulait pas!

La muraille qu'il avait élevée autour de sa vie gênait l'œil curieux du monde.

Le monde venait tout simplement incendier sa muraille pour voir ce qu'il avait mis derrière.

Et qui oserait dire que ce n'est pas ici l'allégorie palpable de ce qui se passe autour de nous?

Qui oserait affirmer qu'il y a un lieu sur cette terre où le monde n'est pas fait ainsi?

Le monde est comme ces enfants curieux qui brisent leurs jouets pour en voir l'intérieur, et qui s'étonnent de n'y point trouver une âme.

Le monde est comme ce paysan idiot qui éventre sa poule, croyant trouver dans l'estomac de la pauvre bête, un tas d'œufs gros comme une maison.

Le monde, imbécille et despote, renverse tous les jours le seau d'eau pour saisir la lune!

Rien ne l'arrête, le monde.

Et par une singulière perfidie, jamais il ne démolit ainsi votre demeure sans vous accuser de tous les forfaits connus. Quand il assassine quelqu'un, c'est toujours après l'avoir déshonoré.

Mais qui que vous soyez, gueux ou prince, allez, ne luttez jamais contre le monde.

Caressez-le plutôt comme une bête féroce qu'on veut apprivoiser. Ne le contrariez point. Si le monde a tort, que vous ayez raison, faites comme le barbier du roi Midas, creusez un trou dans le sable, un trou bien profond, et cachez-vous-y pour dire tout bas : — Le monde a des oreilles d'âne !

Vous ne savez pas que votre laquais est du monde et que le monde vous tient par votre cuisinière. Vous ignorez le lien étrange et mystique qui unit les commères de tout sexe, de toutes classes, de tout étage. Vous ne voulez pas croire que le mendiant du coin, s'il est commère, tient par d'invincibles nœuds, par les innombrables anneaux d'une chaîne mystérieuse, à madame la duchesse, qui est commère aussi.

Vous ne savez pas que le commérage est UN, qu'il fait de l'univers entier une seule et gigantesque commère!

Qu'il est mille fois plus puissant que toutes les sociétés secrètes réunies, qu'il est immortel, et chose étrange, eu égard à la malignité de son venin, qu'il est invulnérable à sa propre morsure!

Croyez-moi, le commérage c'est le monde; la richesse et la misère, la puissance et la faiblesse, l'élégance et les haillons, le vice et la vertu, c'est le monstre aux cent millions de têtes qui dévore sa propre bave et qui n'en meurt pas! C'est vous, c'est moi, hélas! c'est votre femme et sa camériste, — et l'amant de la camériste, c'est à dire l'armée française, — et les amoureuses de l'armée française, c'est à dire quinze cent mille Picardes de tous les départements de la république, — et les oncles de toutes ces Picardes, c'est à dire tous les employés à 1,200 francs, — et les femmes de ces messieurs, c'est à dire toute la haute administration, — et les neveux de la haute administration, c'est à dire la litténature, les arts, l'industrie, — et les concierges de tout cela ! — Tremblez !

Encore, Lacuzan n'avait affaire qu'à une ville de vingt-cinq mille âmes.

Mais le commérage a la nature des acides. Quand on le concentre, il mord jusqu'à l'acier !

Lacuzan, pour parler sans métaphore, se trouvait donc en face de cette cohue qu'il pouvait bien balayer aujourd'hui, mais qui reviendrait demain.

Il avait brisé son épée, parce que cette cohue l'avait voulu.

Il comprenait, lui, à cette heure suprême, la force de ce misérable ramassis : force immense, nous le répétons à satiété, force invincible !

Il avait dans le cœur la rage du vaincu

qui garde autour de lui tous ses soldats sans blessures, mais qui sent la lutte inutile.

En outre, il avait dans le cœur une autre douleur.

Lacuzan était jaloux. De vagues indices lui disaient qu'il y avait un étranger dans son château du Grail.

Lacuzan pensait :

— Elle ne sait pas qu'elle a perdu sa beauté... Lui, sans doute, ne l'a vue que masquée... Ils peuvent donc s'aimer ?

Il en était là. — Je vous l'ai dit : il était fou.

Il se défiait même de Blanche, sa vieille amie de seize ans !

Quand il entendit ce tourdonnement de l'assaut ridicule tenté par les men-

diants de Rennes, il monta sur le rem—
part.

— Jann, dit-il au dragon Bolnyi, — la
comtesse dort : ces gens vont l'éveiller.

— Si M. le comte veut bien le permettre, répondit Jann qui avait pris les ma-
nières et la courtoisie françaises, — je
vais choisir dix de mes hommes et envoyer ces gens à tous les diables.

— Ils reviendront!... murmura Lacuzan.

— Nous recommencerons, M. le comte.

Lacuzan fit un geste, et Bolnyi, silencieux et soumis, se planta devant lui dans
la position du soldat à la parade.

C'était un beau garçon de trente ans,
fort comme un Hercule et portant sur une
figure rose de formidables moustaches
blondes.

— Ecoute-moi bien, Jann, prononça lentement Lacuzan; — tu es sûr de tes camarades ?

— Comme de moi-même, mon colonel.

— Quand la dernière heure sera venue... reprit le comte.

Bolnyi le regarda d'un tel air de surprise, qu'il s'arrêta.

— Je dis la dernière heure, poursuivit-il ; tu ne peux pas comprendre cela, Jann... ce ne sont pas des hommes que nous avons à combattre, c'est le destin... Le moment approche... je le sais, je le sens !... Il ne faut pas qu'il nous prenne au dépourvu.

Lacuzan avait raison. Bolnyi ne comprenait pas. Il écoutait de toutes ses oreilles.

Mais le courant des pensées qui se heurtaient dans le cerveau malade du comte venait de changer.

— Jann ! s'interrompit-il tout à coup avec plus de tristesse que de sévérité, tu as eu tort de me tromper !

— Moi ! moi, vous tromper, mon colonel ! s'écria Bolnyi.

— Il y a un homme au château du Grail.

Bolnyi baissa les yeux et changea de couleur.

Les yeux ardents de Lacuzan semblaient plonger jusqu'au fond de son âme.

— Un homme ! répéta enfin le dragon ; — je ne crois pas que ce soit un homme, mon colonel.

— Il y a donc quelqu'un ?

— Voici huit jours de cela, répondit Jann ; — c'était par une nuit noire, Horesko et moi nous étions de garde sur la muraille... nous vîmes passer une ombre... une ombre qui glissa du rempart aux sommets de la toiture et qui disparut dans un tuyau de cheminée.

— Et depuis ?

— Depuis ?... Rien, mon colonel.

— Sur ta conscience ?

— Sur ma conscience !

Lacuzan resta un instant pensif.

Puis il redressa son beau front où la souffrance avait creusé depuis quelques nuits la première ride.

— Ce n'est pas de cela que je voulais te parler, reprit-il brusquement ; — que te disais-je ?

— M. le comte me disait, répondit Bolnyi avec répugnance : — Quand la dernière heure sera venue...

Lacuzan tressaillit de la tête aux pieds.

— C'est vrai ! c'est vrai ! s'écria-t-il ;
elle va venir !... Oh ! elle va venir !... la
dernière heure !... à vingt-deux ans !... car
elle n'a que vingt-deux ans, mon Dieu !

Il se couvrit le visage de ses mains et
un sanglot souleva sa poitrine.

Le dragon le regardait avec une com-
passion respectueuse.

— La salle de bains est sous la chambre de la comtesse, poursuivit tout à coup
Lacuzan, d'une voix sèche et rauque ; tu
vas y placer un baril de poudre...

— Oui, colonel.

— Quand je te le dirai, tu ouvriras

toutes les portes du château... tu prendras ma belle-sœur Blanche de Noyal dans tes bras... deux autres en feront autant de la chambrière et de cette pauvre femme qu'on nomme la Chaumel... les chevaux seront prêts dans la cour... Tu mettras le feu à une mèche de trois pouces de longueur qui entrera dans le baril de poudre... et puis tu commanderas : Au galop !...

— Mais... voulait dire Bolnyi.

— Sois tranquille !... les domestiques sont prévenus... il n'y aura plus personne au château du Grail.

— Mais vous, vous ! M. le comte !... et madame la comtesse !

— Moi !... dit Lacuzan, dont la lèvre se crispa en un amer sourire, — moi et Marielle, nous nous en irons... par un autre chemin...

Un grand cri s'éleva au dehors.

Des milliers de voix clamaient :

— Barbebleue ! Barbebleue ! à mort Barbebleue !

Bolnyi montra par un créneau les mendiants qui allumaient déjà les fascines.

— Fais ce que tu voudras... dit Lacuzan avec indifférence.

Le dragon salua militairement et sortit.

L'instant d'après, le pont-levis tremblait sous les pas de quinze beaux chevaux montés par quinze dragons, à la tête desquels galoppait Jann Bolnyi.

Les quinze dragons franchirent la bruyère, et il ne resta rien de toute cette innombrable armée de bavards qui était venue de Rennes à pied, à cheval, en carosse.

Tout rentra sous terre.

Badabrux compara depuis, bien des fois, la charge des dragons-Lacuzan à l'*aquilon furieux* qui détruit tout sur son passage.

Trois Trécoché furent trouvées évanouies dans la vase des douves; Mormichel, après avoir essayé vainement de s'introduire dans un trou de taupe, grimpa sur un arbre, d'où il fut chassé par la peur que lui fit un écureuil.

Vivé s'élança dans le carosse de madame la vicomtesse de Turlutaine où madame la vicomtesse de Galirouet s'efforçait de rappeler à la vie madame la vicomtesse Le Brec du Lartz de Cramayeul-en-Gevezon-les-Fossés-sur-Papayoux, qui, prise d'une épouvantable attaque de nerfs.

enfonçait ses ongles dans les faux mollets de M. de Poilbriant.

Au milieu de ces grandes déroutes, tous les rangs sont confondus.

C'était un pêle-mêle, un désordre, un tapage à ne plus s'y reconnaître! Deux Trécoché, qui ne s'étaient pas évanouies dans la vase des douves, perdirent leurs mouchoirs tout neufs.

Guillemitte Barbedor ne perdit rien, mais elle fut accusée par la suite d'avoir trouvé les deux mouchoirs perdus.

Enfin, jamais expédition entreprise dans un but de philanthropie n'eut une issue plus déplorable.

Madame veuve Nestor gagna cent écus de rentes au soleil à opérer les saignées que réclamèrent les plaies et bosses de cette journée fatale.

Mais ce n'était rien que d'avoir chassé l'essaim de grosses mouches qui bourdonnait autour du château.

Pour M. le comte de Lacuzan, il ne s'agissait pas des cinq ou six mille commères des deux sexes, ameutées dans ses bruyères.

Pour trancher la question mystérieuse d'où dépendait sa vie et celle de la pauvre Marielle, il suffisait d'un regard indiscret, — moins que cela ! il suffisait d'un miroir de vingt-quatre sous tombant du ciel dans la chambre bleue.

Or, le jeune M. Albert de Coëtlogon et ses compagnons avaient profité du moment où le pont-levis restait sans gardiens pour entrer au château. Albert de Coëtlogon venait offrir ses services au comte, et il ne se doutait guère que sa présence mettait, dans toute la force du terme, le feu aux poudres.

D'un autre côté, comme Bolnyi, à la tête de ses dragons, facilement vainqueurs, venait de repasser le pont, à l'instant où l'on tendait les chaînes et où les poutres chargées de planches remontaient lentement, un homme,—un être à forme humaine du moins,—sortant tout à coup de la forêt, fit un saut de kanguroo, s'accrocha aux chaines, grimpa comme un singe le long de leurs anneaux et gagna la frise du premier étage.

Il avait à la main un objet qu'il brandissait au-dessus de sa tête et qui reflétait les rayons du soleil couchant.

Il criait :

—Elle se verra! Elle se verra!...

———

Voici ce qui se passa dans la chambre tendue de velours bleu sombre : tout un drame muet dont les péripéties instantanées auraient pu être éclairées par le passage rapide d'une étincelle électrique.

Ce drame dura juste une seconde.

Marielle dormait sur le sopha. Pichenet, à genoux devant elle, lui pensait le visage; il venait de remettre le masque sur le visage de Marielle.

Blanche faisait le guet pour que Lacuzan ne vint point les surprendre.

Une fenêtre craqua et tomba en dedans, brisée.

Marielle s'éveilla en sursaut.

Une porte s'ouvrit en même temps.

Par la fenêtre, un homme en haillons, masqué de noir, entra dans la chambre.

À la porte, M. le comte de Lacuzan parut.

Il vit Pichenet, — mais il ne le tua pas
tout de suite parce qu'il vit aussi Malbrouk
qui tendait à la comtesse son miroir de
vingt-quatre sous.

Par un geste plus rapide que la pensée,
Marielle se démasqua et se regarda.

Malbrouk poussa un rugissement de
triomphe, qui s'étouffa en un cri d'angoisse
parce que Lacuzan l'avait saisi à la gorge
et le soulevait, étranglé.

Lacuzan le lança par la fenêtre.

Et Bolnyi, qui courait à sa poursuite,
le tua au vol, entre ciel et terre, d'un coup
de carabine.

De sorte que ce fut un cadavre qui
tomba dans la douve.

Marielle n'avait rien vu, sinon le miroir et dans le miroir sa figure.

— Oh! que je suis laide! s'écria-t-elle en souriant.

Lacuzan se retourna et faillit tomber à la renverse.

Le visage de Marielle avait recouvré toute sa splendide beauté.

Ce qui faisait dire à la coquette : *Je suis laide*, c'étaient quelques rougeurs et un peu de fatigue autour de ses yeux charmants.

— Tu ne sais pas, murmura-t-elle en s'adressant à Lacuzan, il y avait des jours où je croyais que j'avais eu le Mal d'Enfer!

Le comte était comme ivre.

Blanche avait des larmes de joie dans les yeux. Marielle sauvée! Marielle rendue au bonheur, et cela si bien qu'elle ne se doutait même pas d'avoir chancelé sur le bord de sa tombe !...

Lacuzan, lui, regardait Pichenet avec une sorte de terreur.

— Qui êtes vous ?... balbutia-t-il.

Un soupçon s'obstinait dans sa tête bouleversée.

Le jeune médecin mit sa main sur son cœur.

— Ne vous souvenez-vous plus du pauvre petit danseur de corde à qui vous sauvâtes la vie ?... dit-il.

— Ah ! fit Lacuzan, — oui... je me souviens, autrefois vous l'aimiez !

Blanche se leva et prit les deux mains de Pichenet, en lançant au comte un regard de reproche.

M. Albert de Coëtlogon parut à la porte

entr'ouverte au moment où **Blanche** tenait les deux mains de Pichenet.

— Pardieu ! dit-il, — mon compagnon de voyage, vous m'aviez pourtant juré, sur votre honneur, que vous ne veniez point ici pour mademoiselle **Blanche de Noyal !**

Pichenet était un peu pâle.

— Je vous le jure encore, murmura-t-il.

— Et pour qui donc alors ? s'écria Lacuzan, dont la voix éclata plus menaçante.

Pichenet souleva la draperie qui fermait la chambre voisine, et revint tenant dans ses bras une pauvre bonne femme qui souriait et qui pleurait.

— Pour ma mère, monsieur le comte, répondit-il.

Il y avait peut-être là-dedans un peu de tristesse.

Mais la Chaumel embrassa son fils avec délire.

Et Pichenet redressant son front tout jeune et tout fier, pressa la bonne femme contre son cœur et dit :

— Moi, messieurs, je n'aime que ma mère !

Nous pourrions finir ici ce livre, car le lecteur se doute bien que Lacuzan et Albert tinrent à honneur d'être les amis de Pichenet.

Il se doute bien aussi que mademoiselle Blanche de Noyal ne resta pas longtemps fille.

———

Mais, nous avons à constater plusieurs faits importants.

M. le marquis de Noyal, apprenant que

tout s'était passé pour le mieux ; dit avec
beaucoup d'esprit :

— Croyez-vous que si tout cela eût été
sérieux, je ne me serais pas un peu plus
occupé de mes filles ?

La quatrième des demoiselles Trécoché
devint boiteuse d'une entorse qu'elle s'était
donnée au siége du Tombeau de velours.

Guillemitte Barbedor ayant abrégé
l'existence de son beau petit Mormichel,
à force de le battre, lui fit construire à
bon compte un mausolée propre et solide.

Vivé, portier, devint philosophe et four-
nit quelques articles substantiels plutôt
que brillants à l'Encyclopédie. Plusieurs
sociétés savantes l'accueillirent dans leur
sein.

Si madame la vicomtesse Le Brec du
Lartz de Cramayeul-en-Géveron-les-Pas-

sés-en-Papayoux avait commis quelques
peccadilles en sa vie, elle eut un châti-
ment cruel. Badabrux parvint à lui plaire.
« Le vrai peut quelquefois n'être pas vraisemblable. » Le célibataire, désireux de
dîner tous les jours, épousa la malheureuse vicomtesse qui fut mise trois mois
après dans une maison de fous.

En quatre-vingt-dix jours, l'impossible
Badabrux lui avait détonné vingt-deux
millions de vers tragiques.

La folie de la vicomtesse consistait à
se prendre pour le monstre du récit de
Théramène, dont la croupe se recourbe
en replis tortueux.

Les autres vicomtesses continuèrent
d'appeler Lacuzan *Barbebleue*. Madame
la vicomtesse de Turlutaine fut la seule
qui atteignît l'âge de cent sept ans.

Quant à nos autres personnages, nul incident romanesque ne marqua leur carrière.

Nous croirions faire acte de mauvais goût et de pédantisme en rappelant trop solennellement ici qu'il y eut, au xviiie siècle, un praticien du nom d'Adrien Chaumel, natif de Bretagne, qui fut médecin du roi et qui sut acquérir une très grande célébrité par son traitement spécial des affections épidémiques et endémiques.

Si madame de Pompadour avait su que son grave docteur dansait merveilleusement sur la corde raide !

FIN.